Tucholsky Wagner Zola Scc Sydow Schlegel
Turgenev Wallace Fonatne Freud
Twain Walther von der Vogelweide Fouqué Friedrich II. von Preußen
Weber Freiligrath
Frey
Fechner Fichte Weiße Rose von Fallersleben Kant Ernst Richthofen Frommel
Hölderlin
Felus Engels Fielding Eichendorff Tacitus Dumas
Faber Flaubert
Eliasberg Ebner Eschenbach
Feuerbach Maximilian I. von Habsburg Fock Eliot Zweig
Ewald Vergil
Goethe London
Elisabeth von Österreich
Mendelssohn Balzac Shakespeare Dostojewski Ganghofer
Lichtenberg Rathenau
Trackl Stevenson Hambruch Doyle Gjellerup
Tolstoi
Mommsen Lenz
Thoma Hanrieder Droste-Hülshoff
von Arnim
Dach Verne Hägele Hauff Humboldt
Reuter
Karrillon Rousseau Hagen Hauptmann
Garschin Gautier
Defoe Baudelaire
Damaschke Hebbel
Descartes
Wolfram von Eschenbach Hegel Kussmaul Herder
Dickens Schopenhauer
Darwin Rilke George
Bronner Melville Grimm Jerome
Bebel
Campe Horváth Aristoteles Proust
Voltaire Federer
Bismarck Vigny Barlach Herodot
Gengenbach Heine
Storm Casanova Tersteegen Grillparzer Georgy
Lessing Gilm
Chamberlain Langbein
Gryphius
Brentano
Lafontaine
Strachwitz Claudius Schiller Kralik Iffland Sokrates
Schilling
Bellamy
Katharina II. von Rußland
Gerstäcker Raabe Gibbon Tschechow
Löns Hesse Hoffmann Gogol Wilde Vulpius
Gleim
Luther Heym Hofmannsthal Morgenstern
Klee Hölty
Roth Goedicke
Heyse Klopstock Kleist
Homer
Luxemburg Puschkin Mörike
La Roche Musil
Horaz
Machiavelli
Kierkegaard Kraft Kraus
Navarra Aurel Musset
Lamprecht Kind Moltke
Nestroy Marie de France Kirchhoff Hugo
Laotse Ipsen Liebknecht
Nietzsche Nansen
Marx Ringelnatz
Lassalle Gorki Klett
von Ossietzky Leibniz
May
vom Stein Lawrence Irving
Petalozzi
Platon Knigge
Pückler Michelangelo Kafka
Sachs Kock
Poe Liebermann
Korolenko
de Sade Praetorius Mistral Zetkin

Der Verlag tredition aus Hamburg veröffentlicht in der Reihe **TREDITION CLASSICS** Werke aus mehr als zwei Jahrtausenden. Diese waren zu einem Großteil vergriffen oder nur noch antiquarisch erhältlich.

Symbolfigur für **TREDITION CLASSICS** ist Johannes Gutenberg (1400 — 1468), der Erfinder des Buchdrucks mit Metalllettern und der Druckerpresse.

Mit der Buchreihe **TREDITION CLASSICS** verfolgt tredition das Ziel, tausende Klassiker der Weltliteratur verschiedener Sprachen wieder als gedruckte Bücher aufzulegen – und das weltweit!

Die Buchreihe dient zur Bewahrung der Literatur und Förderung der Kultur. Sie trägt so dazu bei, dass viele tausend Werke nicht in Vergessenheit geraten.

Morgenland und Abendland

Rudolf Lindau

Impressum

Autor: Rudolf Lindau
Umschlagkonzept: toepferschumann, Berlin

Verlag: tredition GmbH, Hamburg
ISBN: 978-3-8424-0897-5
Printed in Germany

Morgenland und Abendland

von

Rudolf Lindau

Mit einer Einleitung von Wilhelm Rath, einem Bilde des Verfassers und 11 Zeichnungen von Franz Müller-Münster

Hamburg-Großborstel
Verlag der Deutschen Dichter-Gedächtnis-Stiftung

Rudolf Lindau

Als einer der Alten, Ältesten ist Rudolf Lindau uns in Erinnerung. Aber es zeigt sich, daß er im Gegenteil - dem Wesen, nicht der Form nach - Vorläufer einer kommenden Gattung deutscher Schriftsteller war. Das Zeitalter der Weltpolitik, der Weltwirtschaft wird uns mehr Erzähler geben, die wie er »Welt« haben: *weiten* Blick übers Spießbürgerliche wie übers Kunstzigeunerische hinaus, Kenntnis der Gesellschaft, des Lebens und Ringens in der Fremde. Dann wird man eindringlicher des weltbefahrenen Mannes und Dichters gedenken.

Rudolf war der ältere Bruder des beweglicheren, berühmter gewordenen Paul Lindau, der als nun bald 80jähriger unter uns lebt. Am 10. Oktober 1829 ist Rudolf Lindau zu Gardelegen geboren. Aus seinem eigenen knappen Bericht über seinen *Lebensgang* und freundlich ergänzenden Mitteilungen des Bruders gestaltet sich das Bild eines ungewöhnlich reichen Menschenlebens:

Schuljahre in Gardelegen, Naumburg, Magdeburg, Berlin, Hochschulstudien (Sprachen und Geschichte) 1849/1853 in Berlin, Göttingen, Paris, Montpellier. »Ein vielbewegtes Reiseleben in England, Italien, Frankreich folgte.« Vier Jahre war er Hauslehrer einer südfranzösischen Familie. Von 1859/1869 lebte er, zunächst als Delegierter des Schweizer Handelsdepartements, in Indien, Singapore, Cochin-China, China, Japan, Californien; ward Herausgeber einer englischen Zeitung in Yokohama und Teilhaber eines amerikanischen Geschäfts. 1862 machte er, als Gast des Generals Charner, den cochin-chinesischen Feldzug mit, 1870/71 als Sekretär des Prinzen August von Württemberg den deutsch-französischen Krieg und schildert diesen in sehr bekannt gewordenen Berichten für den Staatsanzeiger (als Buch: »Die Garde im Feldzug 1870/71«).

6 Jahre war er dann der deutschen Botschaft in Paris zugeteilt. Bismarck berief ihn 1878 nach Berlin ins Auswärtige Amt, wo er mit Bucher, Holstein u. a. zu den meistbeschäftigten Räten gehörte und zum Wirklichen Geheimrat aufstieg. Anfang der 90er Jahre ging er als Vertreter deutscher Interessen nach Konstantinopel. Nach mehrjähriger erfolgreicher Tätigkeit dort, als Präsident der Tabakregie und im Verwaltungsrat der Anatolischen Eisenbahn, trat er in den

Ruhestand und schuf sich auf *Helgoland* ein Altersheim. Dort hat er, nach des Bruders Zeugnis, »seine letzten Lebensjahre in Frieden und Freuden verbracht«. Als 80jähriger, unvermählt Gebliebener, starb er auf einer Abschiedsreise zu fernen Freunden am 14. Oktober 1910 in Paris. Seine sterbliche Hülle noch fuhr übers Meer: auf Helgoland fand sie die Ruhestätte.

Ein Wort kennzeichnet sein dichterisches Lebenswerk: *Reife*. Mit beinah 40 Jahren schrieb er seine erste Novelle. Die meisten Erzählungen entstanden erst in den Mußestunden seiner Amtsjahre zu Paris und Konstantinopel, dann in seiner Helgoländer Einsiedelei. Da gestaltete er die Fülle des Erschauten. Und die *Bilder aus fremden Weltbereichen* (zuerst sogar gelegentlich in fremden Sprachen geformt) blieben Mittelpunkt seines Schaffens. Gewiß nicht vorbildlich für alle deutschen Dichter: doch hier im besonderen Fall ergibt es eine erfreuliche Bereicherung unseres erzählenden Schrifttums.

So entstanden namentlich Novellen und Charakterbilder aus Ostasien, darunter aus dem eben erschlossenen Japan die wertvolle, mittlerweile kulturgeschichtlich gewordene Erzählung » *Sedschi*«, die wir hier in unserer kleinen Auswahl wiedergeben, und die mit Recht gerühmte »Kleine Welt«. Und so entstanden die weltumspannenden Erzählungen, deren Fäden zwischen dem fernen Osten und England oder Frankreich oder Amerika hin und wider laufen. Die Pariser Amerikanerkolonie (so in »Gordon Baldwin«: ein schlicht aus Japan kommender Engländer hat Unglück in der Ehe mit einer kühlen amerikanischen Blenderin), die vornehmen Engländer (»Robert Ashton« u. a.), Russen und Italiener im Seine-Babel werden mit kundiger Hand dargestellt. Bloß sind, hier wie in Schanghai oder in Yokohama, die scharf erdhaft gesehenen Männergestalten durchgehend so erfüllt von Ehrenhaftigkeit, Freundestreue, Tiefgründigkeit der (spät erwachenden) Liebe, daß es am Ende mehr den vornehm empfindenden Verfasser und seine deutsche Betrachtungsweise kennzeichnet.

Zu seinen besten Stücken zählen ein paar, die in rein *französischer* Umwelt spielen, im Landadel (die verfeinerte Kriminalnovelle »Im Park von Villers« u. a.), im Provinz-Alltag (Mannes-Charakterstudien »Lebensmüde«, »Tödliche Fehde«), in der Pariser Gesellschaft, im Klubleben der »goldenen Jugend«, im Reich der typisch französischen Vernunftehe. Seine Lieblingsgestalten bleiben dennoch die unbeleckten germanischen Außenseiter, zumal jene, die sich in der Fremde ihr Dasein selbst geschmiedet haben. In den meisten seiner Erzählungen verfolgt er - grundsätzlich - die Schicksale seiner Menschen bis ans Lebensende. »Den wahren Kampf des Lebens kämpft nicht der Jüngling, sondern der gewappnete starke Mann.«

Eine Welt für sich, eine farbenreiche, sonnig-tiefsinnige, bedeuten die neuen und alten Mären aus dem näheren *Orient*, gesammelt in den »Türkischen Geschichten« und den »Erzählungen eines Effendi«. Diesen entliehen wir »Salihah«, eine Perle wirklichkeittreuer Novellendichtung.

Deutsche treten in den Auslandsgeschichten hie und da auf: der überehrenhafte »Lange Holländer« in Schanghai beispielsweise und der brave junge Gelehrte, der sich die Braut nach Japan nachholt und unterwegs mit ihr durch Schiffbruch umkommt. Rein deutsch, doch ohne bemerkenswerten Orts-Charakter sind u. a. die freudlose Altfrankfurter Geschichte »Getreu bis in den Tod«, die Weimarer Episode »Verkehrtes Leben«, (Ein harmloser Irrsinniger glaubt immer jünger zu werden), der in Berlin spielende Altersroman »Liebesheiraten«. In tieferem Sinn rein deutsch (ungeachtet der Auslandsberührung in der Vorgeschichte) und voll ergreifenden Zaubers ist die Lebensabendstimmung » *Ein ganzes Leben*«, die den Ausklang unseres Bändchens bildet; eine Erlebnisdichtung, Meister Wilhelm Raabes durchaus würdig.

Rudolf Lindau wird auch aus den knappen Proben dieses Buches zu erkennen sein als ein Erzähler von Rang, als ein Eigener von reifster Lebensweisheit und tiefem Empfinden, ein geborener Charakteristiker und Charakter.

Berlin

Wilhelm Rath

Salihah

Dies ist eine Liebesgeschichte – ein Teil der Geschichte meines Herzens. Wenn Sie mich anhören und verstehen wollen, so dürfen Sie mir nicht in die müden Augen blicken oder meinen grauen Bart betrachten. Sie müssen versuchen, sich in die Zeit zurückzuversetzen, da auch Sie jung waren. Sie liegt nun schon weit hinter uns. Und doch ist mir alles, was ich Ihnen erzählen will, so nah, als wäre es soeben geschehen, und die Ereignisse stehen klar und fest vor meines Geistes Augen. Das aber, was ich gestern erlebt, habe ich heute fast vergessen, und ich muß eine Anstrengung machen, um mich dessen wieder zu erinnern.

Damals – ich spreche von der Zeit, als ich in Bagdad lebte, also im Jahre 1869 – wohnte in der alten Kalifenstadt ein vornehmer Gast, Ikbal-el-Devlet, ein ehemaliger indischer König, der, von den Engländern entthront und mit einem großen, wahrhaft königlichen Jahresgehalt in den Ruhestand versetzt, seiner Heimat den Rücken gekehrt und sich in der Türkei niedergelassen hatte, weil er sich nicht daran gewöhnen konnte und wollte, in ein neues Verhältnis zu seinen Untertanen zu treten, die sich ihm früher nie anders als auf den Knieen, die Stirn gebeugt, in tiefster Ehrfurcht zu nahen gewagt hatten, und jetzt das Recht haben sollten – wenn auch nicht anzunehmen war, daß sie davon Gebrauch machen würden – gehobenen Hauptes an ihm vorüberzugehen. Auch wollte Ikbal nicht Untertan der englischen Regierung werden: jede andere, und wäre es die eines Negerstaates gewesen, war ihm lieber.

In der Türkei war der heimatslose König in gastfreundlichster Weise aufgenommen worden. Man hatte ihm alle möglichen Erleichterungen geboten damit er sich den Wohnsitz, der ihm am besten gefiel, suchen könnte, und schließlich, nachdem er sich in verschiedenen Wilajets[1] umgesehen, hatte er sich in Bagdad niedergelassen.

Stadt und Land waren zwar, wie er mit königlicher Offenheit aussprach, nicht annähernd so schön, wie sein früherer Wohnort, aber es war warm und still in Bagdad und im Lande rings umher,

[1] Provinzen

man ruhte des Nachts auf Terrassen unter sternklarem Himmel als erhabenem Dach, die Wasser des Tigris erinnerten ihn an einen Strom, an dessen Ufern sein herrliches Schloß gestanden hatte, und dann – England war weit von Ost-Mesopotamien.

Ikbal-el-Devlet hatte sich zunächst einen alten großen Palast in Bagdad zum Aufenthaltsort ausersehen. Aber bald war es ihm in der Stadt zu lebhaft geworden und er war bemüht gewesen, außerhalb derselben ein seiner würdiges Unterkommen zu finden, – und so war er eines Tages nach Ktesifon gelangt, dessen großartige Ruinen aus der Sassanidenzeit[2] ihm gefallen hatten.

In dieser Gegend war dann in kurzer Zeit, mit verschwenderischem Aufwand großer Kosten, ein leichtes, weitläufiges Gebäude aus dem Boden gewachsen, das, nach den Ideen und Bedürfnissen des alten Königs erbaut, ihm und seinem Hofstaat geräumiges Unterkommen gewährte. Er nannte es nach dem nächstgelegenen kleinen Orte »Schloß Grara«, und er verbrachte dort in würdevoller Ruhe, die nur durch Besuche willkommener Gäste unterbrochen wurde, den größten Teil des Jahres.

Ich hatte das Glück, mir das Vertrauen, ja, ich möchte in aller geziemenden Ehrfurcht sagen, die Freundschaft des Königs zu erwerben. Er richtete, ohne daß ich es gewagt haben würde, ein darauf bezügliches Ansinnen zu offenbaren, in seinem Schloß eine vollständige Wohnung für mich ein und sagte mir, ich hätte des Recht, mich als deren Herrn zu betrachten und möchte sie benutzen, wie es mir gefiele. Ich machte davon natürlich nur bescheidenen Gebrauch, aber die Güte des Königs war mir eine Ermutigung, ihm häufig Besuche abzustatten, und ich hatte die Freude zu bemerken, daß ich ihm nie ungelegen zu kommen schien und er stets bemüht war, meine Abreise hinauszuschieben.

Die Entfernung zwischen Bagdad und Grara beträgt, wenn man ein gutes Pferd reitet, etwa zwei Stunden. Meine amtliche Tätigkeit beschäftigte mich selten länger als bis vier Uhr. Dann war ich gewöhnlich mein eigener Herr, und da Überraschungen, Befehle aus Konstantinopel, die meine sofortige Anwesenheit auf meinem Pos-

---

[2] Die Sassaniden waren ein Königsgeschlecht, das vom 3. bis 7. Jahrhundert nach Chr. über Persien herrschte

ten nötig gemacht hätten, in hohem Grade unwahrscheinlich waren, so benutzte ich meine freie Zeit fast immer zu längeren Ausflügen außerhalb der Stadt. In vielen Fällen begab ich mich dann geradewegs nach Grara, wo ich eines freundlichen Empfanges und eines guten Mahles, das ich an der Tafel des Königs, allein mit diesem, einzunehmen pflegte, sicher sein konnte. War das Wetter einladend, so kehrte ich wohl nach dem Essen nach Bagdad zurück, aber häufig blieb ich die Nacht über in Schloß Grara und trat den Rückweg erst am nächsten frühen Morgen an. In beiden Fällen pflegte ich mich bereits am Abend vom König zu verabschieden, da er zu der frühen Stunde, die ich zum Aufbruch wählte, noch in seinen Gemächern verweilte und für mich nicht sichtbar war.

In der ersten Zeit hatte ich Ikbal-el-Devlet stets mit »Eure Majestät« angeredet, was mir bei der würdevollen, Achtung gebietenden Persönlichkeit des hohen Herrn auch das natürlichste war. Als ich aber vertrauter mit ihm geworden war, hatte er mich eines Tages gebeten, diese Anrede fallen zu lassen.

»Sie gebührt mir, nach meinem Empfinden nicht mehr, denn ich habe aufgehört, ein Herrscher zu sein,« sagte er, »und sie erinnert mich an Zeiten, als ich dazu berechtigt war. Diese Erinnerung ist heute eine traurige für mich. Es ist mein Wunsch, Sie möchten mit mir wie mit einem Gleichgestellten sprechen.«

Ich hatte mich zunächst noch oftmals versprochen, nachdem ich diese Aufforderung, die ich wie einen Befehl betrachtete, erhalten, aber mit der Zeit hatte ich mich an die äußere Form unseres Verkehrs, wie der König sie gewünscht, gewöhnt, obgleich ich in meinem Herzen und in meinen Worten niemals die Verehrung außer acht ließ, die der entthronte Monarch mir einflößte.

Der glühende Sommer unterbrach die Regelmäßigkeit meiner Besuche in Grara; namentlich hörte ich auf, dort zu übernachten. Denn die Morgen waren so heiß, daß ich nach einem Ritt von zwei Stunden ermattet und arbeitsunlustig in Bagdad eintraf. Ich ritt deshalb, sobald der König sich zur Ruhe begeben hatte, nach Bagdad zurück. Die Nächte waren verhältnismäßig kühl, und wenn der Mond nicht schien, so machten die großen Sterne den mir und meinem Pferde wohlbekannten Weg hell genug, um die Befürchtung, ich könnte mich verirren, auszuschließen.

Eines Tages, gegen Ende des Sommers, teilte mir der Gouverneur[3] von Bagdad mit, er beabsichtige, dem König Ikbal einen Besuch abzustatten; gleichzeitig forderte er mich auf, ihn zu begleiten.

Wir verließen Bagdad etwas später, als ich gewöhnlich tat, wenn ich allein ritt, und langten erst kurz vor der Essensstunde in Grara an. Der König empfing uns mit seiner gewohnten Liebenswürdigkeit, und bewirtete uns auf das gastfreundlichste.

Wir blieben lange bei Tafel sitzen, an der erquickende Kühle herrschte, dank einem aus Indien mitgebrachten Punka, dem langen, über dem Tisch schwebenden Fächer, den ein Diener des Königs in fortwährend schwingender Bewegung hielt. Es war schon spät, als wir uns trennten, um uns auf die Terrasse und zur Ruhe zu begeben.

Das Lager des Gouverneurs war in der Nähe des meinigen angerichtet worden. Die Nacht war unbeschreiblich schön. Der Mond herrschte, wunderbar bläulich silbernes Licht spendend, am wolkenlosen Himmel. Hinter ihm, in unergründlichen Fernen, leuchteten einige der größten und hellsten Sterne matt hervor, kleinen, schwachen Lichtpunkten gleich. Sonst war der Himmel von feierlicher, großartiger Öde. Die weite Landschaft zu unsern Füßen lag in tiefem Frieden, wie in einem feinen, durchsichtigen Nebel aus Silberstaub gehüllt. Das Zirpen, Summen, Singen, Säuseln und Schwirren unzähliger Insekten und Käfer, die des Nachts zum Leben erwachen, erklang wie ein Schlummerlied, das der schlafenden Natur gesungen wurde, ohne deren Ruhe zu stören. Und den Grundton der wunderbaren, leisen, einförmigen Musik, die nie schwächer und nie stärker wurde, bildete das dumpfe Rauschen und leise Plätschern des nahen Tigris.

Wir hatten uns auf unsere Lager ausgestreckt und genossen stumm die berauschende Schönheit der südlichen Nacht.

Da plötzlich drangen sanfte Töne an unsere Ohren. Wir vernahmen ein Lied, dessen kurze Melodie sich mit geringfügigen Änderungen häufig wiederholte, und das, von der schönsten Mädchenstimme gesungen, die aus voller Brust kam, – nicht nach erbärmli-

---

[3] Statthalter

cher Byzantinerart, durch Kehle und Kopf, – langsam getragen durch die stille Nacht zog.

Unwillkürlich richtete ich mich in die Höhe, um besser lauschen zu können, und mein Nachbar tat ein Gleiches. Da hörten wir auch das vertraute schleifende Geräusch, das durch das Reiben gegen einander der beiden Mahlsteine der uralten arabischen Handmühle verursacht wird. – Und ich sah im Geiste ein vollständiges Bild: ein offenes Beduinenzelt und vor demselben ein Mädchen, das das Mehl zum Brote des nächsten Tages mahlt und dazu singt.

Ruhig, sicher, zog das Lied durch die Nacht.

»Das ist ein schönes Lied,« sagte mein Gefährte. »Kennen Sie es?«

»Ich kann die Worte nicht verstehen.«

»Es ist ein schönes Lied, auch ohne Worte. Es ladet zur Ruhe ein. Ich werde schlafen.« Und mein Nachbar legte sich wieder nieder. Nach langer Pause wiederholte er ganz leise: »Ein schönes Lied – ich werde schlafen.« Und gleich darauf erkannte ich an seinen regelmäßigen, tiefen Atemzügen, daß er eingeschlafen war.

Ich aber lauschte noch lange Zeit, bis der Gesang verstummte. Dann erst suchte ich Ruhe. Aber das eine Lied verfolgte mich noch im Traum, und ich war bemüht, es zu suchen und hatte die Melodie gefunden, als ich am Morgen aus dem tiefen Schlaf der Jugend in köstlichen Halbschlaf hinüberschlummerte.

Die Gesellschaft des Gouverneurs gestattete mir, meine Rückreise diesmal um einige Stunden zu verzögern. Der Pascha wollte Grara nicht verlassen, ohne sich persönlich vom König verabschiedet zu haben, was er am vorhergehenden Abend versäumt hatte, und ich blieb mit ihm zurück, so daß ich unsern Wirt noch beim Frühstück begrüßen konnte, ehe ich mich zu Pferde setzte.

Ich sprach sogleich von der Musik, die uns am vorhergehenden Abend erfreut hatte.

»Ich bin zu alt, um noch Frauensang zu lauschen,« sagte der König, »aber ich erinnere mich jetzt, schon manchmal, wenn ich in der Nacht aufwachte, eine schöne weibliche Stimme vernommen zu haben. Sie kommt aus den Zelten, hinter dem Park, wo einige Beduinen seit Anfang des Sommers ihr Lager aufgeschlagen haben. Mich wundert, daß Sie das Singen nicht schon früher gehört haben.«

Ich bemerkte, daß ich seit mehreren Monaten nicht mehr in Grara geschlafen hätte, sondern regelmäßig nach dem Abendessen nach Bagdad zurückgekehrt sei.

»Dann sehen Sie jetzt, was Sie verloren haben, weil es Sie so schnell aus Grara trieb. Nun, kommen Sie heute abend zurück und bleiben Sie die Nacht über hier und hören Sie wieder den gefälligen Gesang.«

»Nicht heute abend,« antwortete ich, »dazu ist es zu spät geworden; aber morgen.«

Am nächsten Abend war ich wieder in Grara, diesmal darauf vorbereitet, die Nacht über dort zu bleiben. Und als es spät geworden war, vernahm ich den wunderbaren Gesang, der mich entzückte.

Als ich, sogleich am darauffolgenden Tage, nach Grara zurückkehrte, äußerte ich während der Mahlzeit den Wunsch, mir die Sängerin anzusehen. Der König hatte nichts dagegen einzuwenden, doch bat er mich, zwei bewaffnete Diener zur Bewachung mitzunehmen.

»Ich habe noch keine Klagen über jene Leute hinter dem Park gehört,« sagte er, »aber Beduine bleibt Beduine. Rauben ist ihm so natürlich, wie dem durstigen Lamm das Blöken.«

Gegen elf Uhr, zur Stunde, wenn der Gesang zu beginnen pflegt«, stand ich mit zwei Dienern an der Tür des mit einer hohen Mauer umgebenen Parks und wartete. Bald vernahm ich das Schleifen der Mahlsteine, und gleichzeitig ertönte das Lied. Wir traten vorsichtig ins Freie. Der Mond war inzwischen fünf Tage älter geworden, aber beleuchtete die Landschaft noch immer so hell, daß auf geringe Entfernung alle Einzelheiten derselben deutlich erkennbar waren.

Ich erblickte vor mir eine Ebene, darauf, etwa zweihundert Schritte von der Parkmauer entfernt, ein kleines Beduinenlager, und zwischen dem Lager und dem Park, fast in der Mitte, eine Baumgruppe. Ich sagte den mich begleitenden Dienern, auf mich zu warten und schritt, jedes Geräusch sorgfältig vermeidend, auf jene Bäume zu. Dort herrschte schwarze Nacht: aber am lichten Rande unterschied ich, am Fuße eines mächtigen Baumes, einen alten Brunnen und daneben einen, aus zwei übereinandergelegten flachen Steinen gebildeten Sitz. Dort ließ ich mich nieder und blickte um mich.

Die Zelte, mit Ausnahme eines einzigen, waren dunkel. Aus dem erhellten Zelte drang ein schwacher Lichtschimmer, hell genug jedoch, um mich beim Scheine des Mondes erkennen zu lassen, daß vor dem Zelte eine menschliche Gestalt saß. Das war meine Sängerin, denn daher kam die Stimme, der ich jetzt zum viertenmal lauschte. Ich schlich mich nun noch näher, aber nach wenigen Schritten wagte ich mich nicht weiter vorwärts, aus Furcht, von der scharfäugigen Araberin gesehen zu werden und sie vielleicht zu erschrecken und zu verscheuchen.

Am nächsten Abend suchte ich wieder ihre Nähe, diesmal ohne Diener, da ich mich keiner Gefahr aussetzte, sobald ich mich nicht zu weit hervor wagte. Das tat ich aber nicht, denn ich verblieb im dunklen Schatten der Bäume am Brunnen, wo ich die Gestalt des Mädchens erkennen, jedes Wort, das sie sang, verstehen konnte und gleichzeitig sicher war, weder von ihr gesehen, noch von einem eifersüchtigen oder raublustigen Beduinen überrascht zu werden.

Das arabische Mädchen - der Klang ihrer Stimme deutete an, daß sie ganz jung sein müsse - sang verschiedene Lieder, aber ihr Lieblingslied war wohl das, womit sie sich am ersten Abend in mein Herz hereingesungen hatte, - ein Lied, das den schwarzen Helden Antara feierte, der in furchtbarem Ringen Dhamdham, den stärksten Krieger des Stammes Dsobjan, erschlug und als Lohn dafür die Hand der geliebten schönen Königstochter Abla erhielt. Es war eine uralte Weise, mit nur wenigen, aber so feinen Modulationen,[4] von so eigentümlichem Rhythmus,[5] daß ich es wohl im Geiste mitsingen konnte, wenn ich den Vortrag hörte, aber mich, sobald es geendet war, vergeblich bemühte, es zu wiederholen.

Ich bemerkte kaum, wie die Zeit dahinging, während ich am Brunnen dem Beduinenmädchen lauschte; Mitternacht mußte jedoch längst vorüber sein, als sie sich langsam erhob, einen Augen-

---

[4] Tonfall

[5] Gleichmaß

blick in das Zeit trat und gleich darauf wieder erschien. Sie bückte sich und nahm etwas von der Erde auf, das sie über die Schulter schwang, und dann näherte sie sich der Stelle, von der aus ich sie beobachtete. Mein erster Gedanke war, sie werde zum Brunnen kommen, an dem ich saß, und ich trat schnell und leise hinter einen Baumstamm, so daß ich vom Brunnen aus nicht gesehen werden konnte. Aber sie ging feierlichen Schrittes an mir vorüber. Ich sah ganz deutlich ihre hohe, schlanke Gestalt, und ich erkannte, daß sie über der Schulter einen jener langen Stricke trug, die an einem Ende einen schweren eisernen Bolzen haben und deren sich die Araber zum Fesseln ihrer Pferde bedienen, wenn sie sie im Freien werden lassen.

Das Mädchen schritt dem Tigris zu, der die entgegengesetzte Seite der Parkmauer bespülte. Ich folgte ihr, sobald ich dies tun konnte, ohne mich der Gefahr einer Entdeckung auszusetzen, und im dunklen Schatten der Mauer gelangte ich bis auf etwa fünfzig Schritte in ihre Nähe. Dort blieb ich stehen und wartete klopfenden Herzens.

Am Ufer des Tigris angelangt, entledigte sich das Mädchen ihres Gewandes und Kopftuches, trieb den eisernen Bolzen, den sie mitgebracht hatte, in die Erde, und, das andere Ende des langen Strickes ergreifend, glitt sie geräuschlos in den reißenden Strom.

Nach einigen Minuten erklomm sie das Ufer wieder, hüllte sich in ihr Gewand, schürzte das feuchte, lange Haar zum losen Knoten und verbarg es unter dem viereckigen schwarzen Tuch, das, vom Kopf bis auf die Schulter fallend, die Stirn bedeckte, das Gesicht aber frei ließ. Sodann trat sie, langsam, wie sie gekommen war, den Rückweg nach ihrem Zelte an.

Die Mondsichel am stahlgrauen Himmel, die großen stilleuchtenden Steine, die im magischen[6] Licht der südlichen Nacht gebadete Ebene, und darüber gemessenen, unhörbaren Schritts hinschreitend, hinschwebend, die schlanke Gestalt des arabischen Mädchens! Ich sehe alles wieder vor mir, wie ich es vor vierundzwanzig Jahren sah. – O, die Jugend, o, die schöne Zeit!

---

[6] zauberhaften

Der König lächelte freundlich, als ich auch am nächsten Tage wieder erschien.

»Hätte ich gewußt, daß Nachtigallensang solchen Reiz für Sie hat,« sagte er, »längst hinge der Vogel in einem Käfig in Ihrem Zimmer. – Wollen Sie ihn dort finden?«

Ich dankte. Der Gedanke, mir die Sängerin wie eine Sklavin zu erwerben, hatte etwas Abschreckendes für mich. Aber ich wollte sie sehen, mich überzeugen, ob ihr Antlitz ihrer Gestalt und ihrer Stimme würdig wäre. – Bei meinem nächsten Besuche ritt ich nicht sogleich vor das Schloß, sondern machte einen Umweg um die Parkmauer, damit ich bei Tageslicht das kleine Beduinenlager in Augenschein nehmen könnte. Die Lage des Zeltes, vor dem die Sängerin des Abends zu sitzen pflegte, hatte ich mir gemerkt.

Als ich an den Bäumen, halbwegs zwischen dem Lager und dem Park vorbei ritt, sah ich, mit dem Wasserkruge neben sich, ein braunes Mädchen am Brunnen stehen, in langem, dunkelblauem Gewände aus grobem Linnen, mit dem viereckigen schwarzen Tuch auf dem Kopfe und metallenen Ringen an den Handgelenken und Knöcheln. Sie hatte die Hände hinter dem Nacken in einander gelegt, und das zurückgebogene Haupt stützte sich leicht darauf. Die schlanken Arme, von denen die weiten Ärmel zurückgefallen waren, der feine, runde Hals zeigten sich mir in ihrer entzückenden Schönheit, und das, durch die Haltung der Hände straff über die Brust gezogene leinene Gewand ließ die edlen Linien des jugendlichen Leibes deutlich erkennen. – Die großen stachen Augen waren, da das Mädchen den Kopf zurückgeworfen hatte und geradeaus sah, wie halb geöffnet und von breiten, fast geraden Lidern, mit dichten Wimpern besetzt, verschleiert. Aber der Blick aus den dunklen Augen traf mich wie ein Pfeil, und ich fühlte mich erbeben. Die gleichmäßige, warme Farbe des Gesichts, des Halses, der Arme, der Füße, war um einen Schatten dunkler, als die des frischen Mais. – Ich näherte mich ihr. Das Gesicht mit der seinen, geschwungenen Nase, dem halbgeöffneten Mund mit den schmalen Lippen, hinter denen nußweiße, kleine Zähne hervorblitzten, war so schön und edel wie die Gestalt.

Die vollendetste Form, in die es dem Herrn gefallen hat, menschliche Schönheit zu bannen, ist die des schönen Weibes aus dem

Stamme, dem der Prophet entsprossen ist. Die griechische Venus erscheint bäuerisch im Vergleich zu dem strengen Adel der arabischen vollkommenen Gestalt. Die schlanken Glieder von vollendetem Ebenmaß, doch ohne Fülle, das heiße Blut, das unter sammetweicher, feiner Haut schnell pulsiert, die schmalen Hände und Füße und die seinen Gelenke an Hand und Fuß, der enge Gürtel, der runde, glatte Hals, die elastischen Muskeln von erstaunlicher Schnellkraft, die jeder Bewegung die Weichheit und Rundung des Ganges der Tigerkatze verleihen, die dunklen, flachen, weitsichtigen Augen, die regelmäßigen, starken, kleinen Zähne, die kühn gezeichneten Linien des Antlitzes, die stolze Haltung des Kopfes mit dem schwarzen, dichten Haar - alles dies zusammen bildet ein Schönheitsganzes, dem nichts in der Schöpfung ebenbürtig zur Seite gestellt werden kann, sicherlich nicht die griechische, weiche Schönheit, weit eher noch die blonde, herrliche, nordische, die der Kampfgenossin todesmutiger Helden und der Mutter unüberwindlicher Recken.

Vollkommen, unvergleichlich schön erschien mir damals das arabische Mädchen, das vor mir stand, und heute noch, nach einem Lebensalter, blüht es in meiner Erinnerung als von nie wieder erreichter Schönheit.

Sie verharrte unbeweglich in der von ihr eingenommenen Stellung, als ich verwirrt vor ihr Halt machte. Sie musterte – mit leichtem Spott schien es mir, denn ein stilles Lächeln kräuselte ihre schmalen Lippen – meinen Anzug, den Anzug des türkischen Beamten in Konstantinopel, den sie wohl nie zuvor gesehen hatte, und den kleinen englischen Sattel und das leichte Zaumzeug meines Pferdes.

»Wie heißt du?« fragte ich sie.

»Salihah.«

»Woher kommst du?«

Sie löste den einen Arm, auf dem ihr Nacken ruhte und deutete nach den nahen Zelten.

»Bist du es,« fuhr ich fort, »die ich jede Nacht singen höre?«

»Ich singe nachts bei der Arbeit.«

»Weshalb arbeitest du so spät?«

»Der Tag ist heiß.«

»Du singst sehr schön.«

Sie antwortete nicht.

»Das Lied vom Helden Antara, das singst du besonders schön.«

Nun wurde sie aufmerksamer. Sie ließ auch den andern Arm sinken und schaute mich geraden Blickes an. – Wie groß und tief ihre Augen waren!

»Woher weißt du das?«

»Weil ich dir jeden Abend lausche, hier an dieser Stelle, weil, seit der Nacht, da ich dich zum erstenmal gehört habe, bis heute, wo ich dich zum erstenmal am Tage sehe, keine Ruhe mehr in meine Seele gekommen ist, weil ich immer an dich und deine Lieder denken muß.«

Sie lächelte. »Ich habe dir meinen Namen genannt ... Wie heißt du?«

Ich nannte mich.

»Und wo wohnst du?«

»Ich wohne in Bagdad, aber ich reite jeden lag herüber zum König Ikbal, um abends, wenn die anderen zur Ruhe gegangen sind, deinem Gesänge lauschen zu können.«

»Bei Ikbal-el-Devlet wohnst du? Ich kenne ihn wohl, obschon er mich nicht kennt. Ich komme jeden Morgen in sein Haus und bringe ihm von unserer Milch.«

»Wirst du heute abend wieder singen?«

»Ja, ich werde wieder singen.«

»Auch das Lied von Antara?«

»Auch das Lied von Antara.« Sie sah nach der Sonne. »Es ist Zeit zum Heimweg,« sagte sie.

Sie beugte sich, schwang den Wasserkrug auf ihre Schulter, grüßte mich und entfernte sich langsam. Als sie etwa zehn Schritte gegangen war, blieb sie stehen und wandte sich nach mir um.

»Da du das Lied von Antara liebst,« sagte sie, »so werde ich es heute abend dir singen. Gib acht! Lebe wohl!«

Sie sang am Abend. Ach, so schön, so schön! Es war mir, als müsse meine Seele vor Sehnen und Wehmut vergehen.

Seit jener ersten Begegnung trafen wir uns täglich, etwa eine Stunde vor Sonnenuntergang, an dem alten Brunnen, und meine Liebe zu dem schönen Mädchen wuchs mit jedem Tage. Sie blieb ruhig und freundlich, aber sie wurde zutraulicher und erzählte mir von ihrem Leben. – Sie wohne bei ihrem Vater, der Machmud heiße und dessen einzige ledige Tochter sie sei, ihre ältere Schwester wäre mit einem reichen Mann, Hussein, verheiratet und hätte zwei Kinder, ihre beiden Brüder lebten in einem andern Teile des Landes, und sie hätte sie seit langer Zeit nicht gesehen.

Salihah nahm von nun an einen großen Teil in meinem Leben ein, ja, sie füllte es beinahe ganz aus, denn sobald die amtliche Arbeit, die mir oblag, beendet war, hatte ich keinen andern Gedanken, als zu ihr zu eilen, sie zu sehen, zu sprechen und in der Nacht ihrem Gesang zu lauschen.

König Ikbal liebte es, mich in freundschaftlicher Weise zu necken. Man merkte mir wohl an, sagte er, daß ich den Teil meines Lebens, in dem sich der Charakter am meisten bildet, im Abendlande verlebt hätte: ich schwärmte ja wie ein liebeskranker Schüler, wäre ich mein Leben lang in der Türkei geblieben, so würde ich die Schöne, die sicherlich nicht spröde wäre, längst mein eigen gemacht haben. – Er mochte recht haben. Aber ich konnte Salihah nicht anders behandeln, als ich es tat.

Eines Tages, nachdem ich den Abend in üblicher Weise mit Salihah und Ikbal verbracht hatte, erhielt ich, wenige Stunden, nachdem ich nach Bagdad zurückgekehrt war, einen Brief des Königs, und zwar in Versen. Denn Ikbal-el-Devlet war ein geschickter Dichter und liebte es in Reimen zu schreiben.

»Armer Verlassener, wie wirst du es tragen? Die Nachtigall, die sich in dein Herz gesungen hatte, ist davongeflogen. – Welche Spur läßt der Flug des Vogels in der Luft? Wie willst du ihm folgen? – Welche Spur läßt sein Lied? Es klingt fort in deinem Herzen und du wirst es immer hören. Und so lebt die Nachtigall noch für dich, aber du wirst sie nicht mehr sehen. Eile zur Stätte, wo ihr Nest stand, eile zum Freunde, der dich trösten möchte. – Armer Verlassener, du mußt es tragen!«

Ich war wie betäubt. Obgleich die Sonne noch hoch und heiß am Himmel stand, ließ ich sogleich ein Pferd satteln, und nach anderthalb Stunden setzte ich mein schweißbedecktes Tier hinter der Parkmauer von Grara in Schritt. – Da war der Brunnen, an dem ich die schönsten Stunden meines Lebens – so schien es mir – verbracht, und da war der Platz, an dem das Zelt Salihahs gestanden hatte. Öde und leer! Ich war verzweifelt. Ich begab mich auf mein Zimmer, wusch mein vom schnellen Ritt erhitztes Gesicht und dann ließ ich mich beim König melden, der mich sogleich empfing.

Er erzählte mir, das Lager sei, wie seine Leute ihm berichtet, noch vor Tagesgrauen abgebrochen worden, und schon als ich fortgeritten sei, wären Zelte, Kamele, Pferde, Herden und Leute verschwunden gewesen. – Ich hatte davon nichts bemerkt, da ich am Morgen, wie gewöhnlich, geradewegs durch den Haupteingang zum Park nach Bagdad zurückgeritten war, ohne die Ebene, die sich hinter der Parkmauer erstreckte und auf der sich der Brunnen befand und das Lager gestanden hatte, in Augenschein zu nehmen.

»Wohin mögen die Leute gezogen sein?« fragte ich.

»Das weiß ich nicht; aber wenn Sie wünschen, so werde ich Boten aussenden, um es zu erkunden.«

Ich dachte einen Augenblick nach und dann, entmutigt, lehnte ich den Vorschlag ab. Ich sagte mir, daß, wenn es Salihahs Wunsch gewesen wäre, mich nicht zu verlassen, so würde sie am letzten Abend von ihrem Fortziehen gesprochen haben. Sie wollte nicht bei mir bleiben, oder sie konnte es nicht. Sie hatte mich verlassen, ohne mir ein Wort des Abschiedes zu sagen. Es war sehr hart, aber ich mußte es tragen und ich trug es.

Der Winter ging langsam dahin. Ich war zunächst allen Zerstreuungen feind. Das Leben ohne Salihah erschien mir freudenlos. Mit der Zeit wurde ihr Bild schwächer. Ich dachte an sie, wie an eine geliebte Tote: mit tiefer Wehmut, ohne Hoffnung, aber ohne nagenden Schmerz. Und dann - sie teilte das Schicksal aller Toten. Der Platz, den sie in meinem Leben einnahm, wurde kleiner und kleiner. Aber niemals ritt ich nach Grara, ohne mit stillem Sehnen an sie zu denken, und jedesmal besuchte ich den Brunnen, an dem ich so schöne Stunden in ihrer Nähe verlebt hatte.

Es wurde Frühling und plötzlich Sommer. Ich sah den König häufig, wenn auch nicht mehr so regelmäßig wie im vergangenen Jahre. – Da wurde mir eines Tages wieder ein Brief von ihm gebracht. Wieder ein Gedicht! Er kündete mir »die Rückkehr der Nachtigall« an. »Glücklicher Freund, wie wirst du es tragen?«

Meine Liebe erwachte, wie aus dem Schlafe geweckt, mit neuen Kräften. Der Tag war noch nicht so weit vorgerückt, daß ich nicht, wenn ich sogleich fortritt, Grara eine Stunde vor Sonnenuntergang hätte erreichen können. Ich war schon früher dort und begab mich, ohne vor dem Schloß Halt gemacht zu haben, nach dem Brunnen. Der Platz war leer. Ich stieg ab, stellte mein Pferd in den Schatten der Bäume und wartete.

Da sah ich Salihah, den Wasserkrug auf der Schulter, sich mir nahen. Sie schritt langsam, in der ihr eigenen feierlichen Weise. Ich wagte nicht, meinen Platz im Dunkel der Bäume zu verlassen, aus Furcht, von denen gesehen zu werden, die dem Mädchen möglicherweise nachblicken konnten. Mein Pferd wieherte leise, aber Salihah beeilte den Schritt nicht. Und erst, als sie den Brunnen und dessen schützenden Schatten erreicht hatte, stellte sie den Wasserkrug hastig auf den Boden, und mit leisem Aufschrei der Freude, die Arme weit ausgebreitet, eilte sie auf mich zu, und zum erstenmale umfingen mich ihre Arme, und sie küßte mich.

Lange Zeit konnten wir nicht sprechen: nur kurze Worte der Zärtlichkeit kamen über unsere Lippen. Dann sagte ich:

»Wie unglücklich bin ich gewesen. Nun sollst du mich nicht wieder verlassen.«

Sie nickte.

»Wirst du mir folgen, wenn ich dich hole?«

»Ja, ich folge dir.«

»Wann?«

»Wann du willst.«

»Morgen?«

»Morgen.«

Darauf verabredeten wir, daß sie in der nächsten Nacht, zur Stunde, wo sie nach vollendeter Arbeit im Tigris zu baden pflegte, so also, daß ihre Bewegungen keinen Argwohn erregen würden, nach dem Brunnen kommen sollte. Dort wollte ich sie erwarten und zu den Pferden führen, die auf der entgegengesetzten Seite des Paiks, von einem Diener gehalten, auf uns warten würden. – Es war eine Entführung nach allen Regeln.

»Weshalb ich die Sache nicht einfacher gemacht und das Mädchen nicht von ihrem Vater gefordert hätte?«

Er würde seine Tochter niemals einem verächtlichen Stadtbewohner, einem »Vavi«, gegeben haben. Ich wußte das von Salihah aus früheren Gesprächen.

Ich bewohnte in Bagdad ein geräumiges, allein stehendes Haus. Unter der zahlreichen Dienerschaft, die ich nach den Sitten des Landes unterhielt, befand sich auch eine ältere Frau, eine Christin, Namens Tusa, ein ruhiges, kluges, stilles Wesen, der ich die Aufsicht über meine Wäsche und Kleidungsstücke überlassen hatte. Sie war mir von meinem Vorgänger, der sie seinerseits von seinem Vorgänger übernommen hatte, als eine ganz zuverlässige, verschwiegene Person empfohlen worden, und sie hatte sich, seitdem ich sie kannte, als eine solche bewährt.

Ich ließ Tusa zu früher Stunde zu mir rufen und sagte ihr, ich würde am nächsten Morgen, vor Tagesanbruch, mit einem arabischen Mädchen eintreffen, in dem sie ihre zukünftige Herrin zu erblicken habe. Es sei mein Wunsch, daß der Aufenthalt des jungen Mädchens in meinem Hause geheim gehalten werde, ich überließe es ihr, die dazu nötigen Vorkehrungen zu treffen. Das ganze Haus, mit Ausnahme der wenigen Zimmer, die ich bewohnte, stehe zu ihrer Verfügung, sie solle sich bemühen, zu meiner Befriedigung zu handeln.

»Ich habe wohl verstanden,« antwortete sie und entfernte sich.

Als ich gegen vier Uhr von meinem Bureau zurückkam, trat sie in mein Zimmer und bat mich, ihr zu folgen. – Sie hatte in einem Teile des Hauses, in dem, außer ihr, niemand etwas zu suchen hatte, und der von den anderen Dienern nicht betreten wurde, zwei Zimmer für Salihah in einer Weise eingerichtet, die alle Ansprüche des Mädchens, das sicherlich nicht verwöhnt war, vollkommen zu befriedigen geeignet erschienen.

»Das ist gut,« sagte ich. »Nun sorge dafür, daß du allein diesen Raum betrittst, und niemand im Hause bemerkt, daß deine Herrin hier lebt.«

»Ich werde dafür sorgen,« antwortete Tusa. Sie schien einige Erfahrung zu besitzen in solchen Sachen, und das wunderte mich nicht, wenn ich daran dachte, wer meine Vorgänger gewesen waren.

Darauf beschied ich den ersten Stallknecht zu mir, einen Mann, der seit einer Reihe von Jahren in meinen Diensten stand, und den ich aus Stambul nach Bagdad mitgebracht hatte. Ich sagte ihm, er solle um zehn Uhr abends drei Pferde bereit halten. Er würde mich auf einem Ritt zu begleiten und ein Pferd ledig mitzuführen haben.

»Niemand darf wissen, daß wir heute abend reiten,« sagte ich.

»Niemand wird es erfahren, Herr.«

Zur bestimmten Stunde war alles bereit, und wir setzten uns zu Pferde. Ich hatte berechnet, daß Salihah gegen ein Uhr frei sein werde. Aber ich wollte bis Grara langsam reiten, um die Pferde frisch zur Stelle zu bringen, damit ich sie auf dem Rückweg nicht zu schonen haben würde. Während des Ritts gab ich dem Diener zu verstehen, worum es sich handelte. – »Niemand weiß von diesem Ritt,« sagte ich. »Wenn jemand es erfährt, so strafe ich dich und entlasse dich aus meinen Diensten.«

»Niemand wird es erfahren, Herr.«

In geringer Entfernung von Grara ließ ich den Mann mit den drei Pferden unter einem Baum zurück. Der Himmel war bedeckt, doch drang genug Sternenlicht durch die Wolken, um den Weg, den ich Hunderte von Malen zurückgelegt hatte, für mich genügend erkennbar zu machen. Ich ging, wie ich es mit Salihah verabredet hatte, nach dem Brunnen, und ich vernahm das schleifende Geräusch der Mahlsteine, das, wie gewöhnlich, Salihahs ruhiger Gesang begleitete. Sie sang mein Lieblingslied: die Heldentaten Antaras. Sehen konnte ich sie nicht, dazu war die Nacht zu dunkel. Nach einer Weile, gegen ein Uhr, wurde es still. Ich lauschte aufmerksam.

Und plötzlich, schneller als ich gedacht hatte, tauchte des Mädchens hohe Gestalt aus der Nacht hervor und trat auf mich zu. Ich ergriff ihre schmale Hand, die regungslos und kühl in der meinen ruhen blieb. Ich schritt schnell; – aber kein Mensch geht einem Araber zu schnell. Sie folgte mir ohne Hast und ohne Mühe.

Der Diener löste die Tücher, die er um die Köpfe der Pferde gebunden hatte, und gleich darauf saßen wir alle drei im Sattel und ritten schnell davon. Salihah saß zu Pferde wie eine Amazone, rittlings, ohne die Steigbügel zu gebrauchen, als wäre sie eins mit dem Tiere unter ihr.

Nachdem wir etwa eine Viertelstunde, nur wenige Worte wechselnd, neben einander hingaloppiert waren, während der Diener uns in gemessener Entfernung folgte, sagte Salihah:

»Ich bin des Sattels nicht gewöhnt. Nimm ihn ab und gieb mir eine Decke. Es ist mir bequemer.«

Sobald wir Halt machten, eilte der Stallknecht auf uns zu, um meine Befehle zu empfangen. Salihah sprang vom Pferde, der Mann nahm den kleinen englischen Sattel ab, faltete eine Decke zusammen, die auf seinem Pferde gelegen hatte, befestigte diese mit einem Gurt, und Salihah schwang sich wieder auf den Rücken des guten Tieres, das sich der leichten Last, die es zu tragen hatte, zu freuen schien.

»Nun befinde ich mich erst wohl,« sagte sie.

Wir galoppierten weiter, Seite an Seite. »O, mein Liebling,« flüsterte Salih mir zu. »O, mein Liebling!«

Zwischen drei und vier Uhr morgens langten wir in Bagdad an. In der Nähe meiner Wohnung stiegen wir von den Pferden. In meinem Hause erschien alles dunkel, aber sobald wir vor der Tür angelangt waren, wurde diese geräuschlos von Tusa geöffnet, die, eine Ampel in der Hand, Salihah in die für sie bestimmten Gemächer führte.

Diesem Abend folgten fünf kurze Monate, die ich wohl als die glücklichsten meines Lebens bezeichnen möchte. Ich wurde Salihah nicht etwa nach einiger Zeit müde, nein, sie wurde mir mit jedem Tage teurer. Was ihre Gesellschaft so angenehm machte, die Eigenschaften, denen ich in erster Linie zuschrieb, daß Salihah mich niemals ermüdete, waren: eine Anspruchslosigkeit, von der man sich in zivilisierten Ländern keinen richtigen Begriff machen kann, eine eigentümliche, stille, gleichmäßige Heiterkeit des Gemüts, die in ihrer Ruhe und Natürlichkeit etwas unbeschreiblich Wohltuendes hatte und endlich – so unwahrscheinlich dies auch klingen mag – eine Art geistreichen Verständnisses für alles Neue. Ihre Bemerkungen über dies oder jenes, was sie an mir beobachtet oder was Tusa, ihre einzige Gesellschaft, ihr erzählt hatte, überraschten mich nicht selten durch ihre Schärfe und Richtigkeit. Ich konnte mich in Salihahs Gesellschaft nicht nur ausruhen und erfreuen, ich konnte mich auch sehr gut unterhalten.

Über Salihahs Zimmer war eine Terrasse, die ich von der über meiner Wohnung erreichen konnte. Ich hatte diesen Teil des Dachs abschließen lassen, und dort erging sich Salihah des Abends. Einigemale forderte ich sie auf, mit Tusa einen Spaziergang zu machen; aber gewöhnlich lehnte sie dies ab. Sie hatte Furcht, sich zu zeigen und sie befand sich am wohlsten auf der hohen, weiten Terrasse, wo sie von niemand als von Tusa oder mir gesehen werden konnte. Manchmal, in tiefer Nacht, wenn alles rings umher ruhte, sang sie mir, mit halber Stimme, mein Lieblingslied vom schwarzen Helden Antara vor.

Im Hause mochte wohl der eine oder andere Diener, auch außer den zwei wissenden, ahnen, daß etwas Neues, verborgen Gehaltenes in mein Leben getreten sei, aber niemals wurde ich durch fremde Neugier im Genuß meines stillen Glücks gestört, und in Bagdad selbst blieb mein Verhältnis zu Salihah ein Geheimnis.

Der König Ikbal, der erkennen mochte, was geschehen sei, sprach mir nie davon. Auch schien er nicht, wie es unter gewöhnlichen Verhältnissen geschehen sein würde, zu bemerken, daß meine Besuche selten geworden waren, und daß ich, wenn ich zu ihm kam, nach dem Essen nach Bagdad zurück ritt, mochte das Wetter gut oder schlecht sein.

Seit fünf Monaten wohnte Salihah bei mir. Der Sommer nahte seinem Ende, als mir eines Nachmittags gemeldet wurde, ein Beduine wünsche mich zu sprechen. Das war nichts Ungewöhnliches. Ich ließ den Mann in mein Zimmer treten. Er begrüßte mich kurz, wie es die Art der Beduinen ist und kauerte sich dann sofort nieder. Es war ein hagerer, großer Mann, von etwa fünfzig Jahren, finsteren, gebieterischen Angesichts, harter, rauher Stimme. In der Hand trug er die kurze Keule, die die Männer seines Stammes nur selten verläßt.

»Ich bin Machmud,« sagte er, »der Vater deines Weibes Salihah. Führe mich in ihre Gegenwart oder bescheide sie hierher.«

Ich war bestürzt. »Ich will sehen, ob Salihah zu Hause ist,« sagte ich. »Ist sie nicht ausgegangen, so magst du mit ihr sprechen.«

»Sie ist zu Hause, ich weiß es; aber sprich nur mit ihr, ehe du mich zu ihr führst. Ich bin ihr Vater, und sie wird sich mir nicht entziehen wollen.«

Ich eilte zu Salihah. »Dein Vater ist hier,« sagte ich, »er will dich sprechen.«

»Das hatte ich immer gefürchtet ... O, die schöne Zeit! – Laß ihn eintreten.«

Ich führte Machmud zu seiner Tochter und ließ die beiden allein.

Nach einer halben Stunde konnte ich meine Unruhe nicht mehr bekämpfen und kehrte nach der Tür zurück, die in Salihahs Zimmer führte. Ich hörte niemand sprechen und öffnete die Tür. Salihah saß auf der Erde, das Haupt gebeugt, und ich sah, daß sie geweint hatte.

»Nun?« fragte ich, »was wollte dein Vater?«

»Er wollte mich sehen.«

»Wie hatte er erfahren, daß du hier bist?«

»Er wußte es schon längst, durch einen Diener von Grara.«

»Was hat er dir gesagt?«

Sie sann eine Weile nach, dann antwortete sie: »Es würde dich nicht erfreuen, es zu hören, und du kannst nichts zum Besseren wenden. – Laß nur!«

»Du weißt nicht, was ich vermag. Ich habe wohl mehr Macht, als du glaubst; vielleicht könnte ich doch noch alles zum Guten wenden.«

»Nein, du kannst es nicht. – Laß nur!«

»Du willst nicht sprechen?«

»Es ist besser, daß ich schweige.«

»Hast du kein Vertrauen zu mir?«

»Ich habe Vertrauen zu dir, das weißt du. – Habe du Vertrauen zu mir. Ich sage dir: es ist besser, daß ich schweige.«

»Ist das dein letztes Wort?«

»Ach, Geliebter, zürne mir nicht, quäle mich nicht, behalte mich lieb ... Es ist besser, daß ich schweige.«

Ich kannte von den Arabern nun schon genug, um zu wissen, daß auch weiteres Drängen in Salihah fruchtlos geblieben sein würde. Die Araber sind nicht Freunde von Kraftvergeudung. Einem schwachen Angriff setzen sie nicht mehr als schwachen Widerstand entgegen, aber dieser wächst mit der Stärke des Angriffs, und bei einigen Arabern wird er zuletzt zu unbeugsamen Trotz. – Salihah wollte mir nicht antworten, und würde mir nicht antworten, auch wenn ich alle Mittel, die mir zur Verfügung standen: fortgesetztes Bitten, Versuche der Überredung, ja Drohung, angewandt hätte. Im äußersten Falle würde sie mich eher verlassen, als mir nachgegeben haben. Ich sah zu Boden und schwieg.

»Zürnst du mir, Lieber?« fragte sie zärtlich.

»Ich zürne dir nicht,« antwortete ich? »aber du machst mich sehr unglücklich.«

»Auch ich bin unglücklich,« sagte sie entmutigt.

Seit jenem Tage ging eine auffallende Veränderung in Salihahs Wesen vor. Ihre Heiterkeit war verschwunden, sie erschien niedergeschlagen und leidend. Etwas, was ich nicht erkennen konnte, hatte sich zwischen uns geschoben. Aber ihre Zärtlichkeit war unverändert; ja, ihre Traurigkeit verlieh ihren Gefühlen für mich noch größere Wärme, so daß ich ihr nicht zürnen konnte und nur beunruhigt war.

Und dann kam das Schlimmste, das ich dunkel geahnt hatte. Gegen Ende des Sommers wurde mir eines Tages, als ich auf meinem Zimmer im Gouvernementsgebäude arbeitete, gemeldet, einer meiner Diener wünsche mich zu sprechen. Ich ließ den Mann eintreten. Er bestellte mir, Tusa lasse mich bitten, sogleich nach Hause zu kommen, sie habe mir etwas mitzuteilen, das keinen Aufschub dulde. Ich begab mich eilig nach meiner Wohnung. Tusa trat mir bleich und zitternd entgegen und flüsterte mir zu: »Salihah hat das Haus vor einer halben Stunde verlassen: ihr Vater hat sie abgeholt. Sie hat die Straße nach dem Tigris eingeschlagen. Ihr Pferd, Herr, steht gesattelt vor der Tür. Sie können sie noch leicht einholen.«

Ich richtete einige schnelle Fragen an Tusa, dann schwang ich mich aufs Pferd und ritt den Flüchtigen nach. Ich erblickte sie jenseits des Tigris, in der Nähe des Grabmals der Sitté Zubeïdah; – aber ich hielt mein Pferd an, ehe ich sie überholt hatte.

Der Vater und die Tochter gingen, weit und regelmäßig ausschreitend, wie Fußgänger, die ein fernes Ziel vor sich haben, das sie erreichen wollen; sie gingen jedoch nicht neben einander, sondern in gleicher Höhe, auf der rechten und linken Seite der breiten Straße.

In wenigen Minuten konnte ich sie überholt haben ... Sollte ich ihnen weiter folgen? Salihah war gegangen, ohne mir die leiseste Andeutung zu machen, daß sie gehen werde. Ich hatte am Morgen in üblicher Weise von ihr Abschied genommen, und sie hatte keine innere Erregung zu erkennen gegeben. Sie war mir sehr traurig erschienen, als sie mich umarmt hatte, aber daran hatte ich mich leider gewöhnen müssen. – Sie hatte mich gewissermaßen freiwillig verlassen, denn bei der Stellung, die ich im Lande einnahm, hätte ihr Vater sie nicht zwingen können, von mir zu gehen, wenn sie nicht darin gewilligt hätte. Salihah war nicht wankelmütig. Sie würde jetzt noch gerade ebenso denken, wie vor einer Stunde, als sie mein Haus verlassen hatte. Sie würde ihrem Vater, nicht mir, auch ferner folgen. Mein Erscheinen würde zwecklos einen für sie und für mich schmerzvollen Auftritt heraufbeschwören. Ich ritt nicht weiter. Ich blieb neben dem alten Grabmal stehen und sah den Davonschreitenden lange, lange nach. Sie schritten, immer durch die Straße von einander getrennt, desselben festen Schrittes weiter. Die großen Gestalten wurden kleiner, undeutlicher und plötzlich waren sie, wie im Boden versunken, in einer Vertiefung der Ebene verschwunden. Ich sah sie nach geraumer Zeit am entgegengesetzten Rande derselben wieder auftauchen, aber nun kaum noch erkennbar, zwei schmalen, starren Strichen gleich. Und bald darauf verschwanden sie meinen Blicken vollständig. Da erst wandte ich den Kopf meines Pferdes nach Bagdad zurück.

Sobald ich auf meinem Zimmer war, rief ich Tusa. Sie konnte mir wenig erzählen. Machmud sei erschienen und habe sich in das Gemach seiner Tochter begeben. Salihah sei noch einmal, auf einige Minuten, in mein Zimmer gegangen, und gleich darauf hätten die beiden das Haus verlassen. Salihah sei wohl darauf vorbereitet gewesen, daß ihr Vater sie abholen werde, denn sonst hätte sie kaum so schnell reisefertig sein können. Sie hätte übrigens nichts von den ihr geschenkten Sachen mitgenommen. Alles sei am alten Platze, nur die Herrin fehle.

Ich fragte Tusa, ob Salihah ihr keinen Auftrag für mich gegeben hätte.

»Nein, sie hat kein Wort gesprochen, sie hat auch mir nicht Lebewohl gesagt, obwohl sie sonst stets freundlich und aufmerksam gegen mich gewesen ist.«

Ich ging in das öde Zimmer. Ich hoffte mit der Zähigkeit der Hoffnung Liebender, dort irgend ein Zeichen von ihr zu finden. Nichts ... Nichts! Da wurde mir so weh ums Herz, und mein Leben erschien mir so arm, daß ich es nicht beschreiben kann.

Zu später Stunde begab ich mich zur Ruhe. Als ich den Fuß ausstreckte, fühle ich am Ende des Bettes einen weichen elastischen Körper. Ich griff darnach und zog ihn hervor. Es waren, in einen großen, losen Knoten zusammengeschürzt, die langen, schwarzen Haare Salihahs. Sie sagten mir: »Ich werde um dich trauern wie um den dahingeschiedenen Gatten.« Das Andenken beruhigte mein Herz und machte es noch trauriger.

Herbst und Winter gingen wie im vorigen Jahre, als Salihah mich zum erstenmale verlassen hatte, einförmig und freudenlos dahin, und wie damals gewöhnte ich mich auch diesmal wieder an meine Einsamkeit. Sie mußte ertragen werden – und ich ertrug sie.

Im Frühjahr beauftragte mich der Gouverneur, die Arbeiten an dem großen Kanal von Saklavié in Augenschein zu nehmen und darüber zu berichten. Der französische Ingenieur, der jene Arbeiten leitete, sollte mich begleiten. Wir machten uns am nächsten Morgen vor Tagesanbruch auf den Weg und gelangten gegen Sonnenuntergang in die Nähe des Ziels unserer Reise. Als wir, von des Tages Hitze ermüdet, langsam durch ein Gehölz hochstämmiger Bäume litten, gewahrte ich vor mir eine langsam dahinschreitende Frauengestalt, die auf der linken Schulter ein kleines, rittlings sitzendes Kind trug. Es war Salihah. Ich erkannte sie sogleich. Ich bat meinen Begleiter, mich zu verlassen und näherte mich der, die ich so heiß geliebt hatte und um die mein Herz noch immer trauerte. Sie wandte sich mit der ihr eigentümlichen Gelassenheit um, als sie Aufschlag hinter sich vernahm, und auch sie erkannte mich auf der Stelle. Sie setzte das Kind, das sie getragen hatte, zur Erde und ich hörte, wie sie ihm sagte, nach Hause zu gehen. Und dann blieb sie ruhig stehen und erwartete mich.

Ich wußte nicht, was ich sagen sollte. Ich betrachtete sie liebevoll; aber in meinem Blick lag wohl auch eine bittere Anklage. Da hob sie das Tuch, das ihr das Haupt und den Nacken bedeckte und zeigte auf ihr kurzes Haar:

»Ich traure noch immer um dich,« sagte sie leise.

»Warum hast du mich verlassen?« fragte ich.

Sie erzählte in kurzen Worten, ihr Vater habe ihr bei seinem ersten Besuche gesagt, ihre Schwester sei krank, deren Kinder mangelten der nötigen Pflege; sie, Salihah, sollte kommen und ihnen die Mutter ersetzen. Sie hätte versprechen müssen, es später zu tun. – »Was vermochte ich gegen den Willen meines Vaters? Er befahl mir, mich jeden Tag bereit zu halten – und eines Tages kam er, um mich zu holen. Meine Schwester war gestorben, ich sollte sie bei den verwaisten Kindern ersetzen. Ich folgte meinem Vater, schweren Herzens. Er führte mich zwei Tagereisen südwärts. Dann kamen wir an unser Lager, und ich zog in mein altes Zelt ... Glaubst du, daß ich an dich dachte, daß ich um dich weinte? ... Ich sorgte für die Kinder und hatte schwere Arbeit zu verrichten für meinen Vater und für Hussëin. Mein Vater war finster und sprach nie freundlich mit mir. Große Mühe hatte ich, um ihn nicht durch kleine Versehen zu jähem Zorn zu reizen. Einmal wollte er mich schlagen, aber ich sagte, dann würde ich sterben oder zu dir entfliehen. Da ließ er mich in Ruhe. Drei Monate später packte ihn das Fieber des Teufels. Wir machten eine Grube und legten ihn in heißen Sand, damit er genese. Aber die Grube wurde sein Grab. Als er den Tod nahen fühlte, befahl er mir, wenn er gestorben sei, die Gattin meines Schwagers zu werden. Und ich mußte es ihm versprechen. Und am nächsten Tage verschied er. Ich aber zog bald darauf in Hussëins Zelt, und bin jetzt dessen Frau.«

Was konnte, was sollte ich tun? – Salihah war für mich verloren.

»Bist du glücklich?« fragte ich.

»Ich habe viel Arbeit,« antwortete sie. »Hussëin ist reich, und ich muß auch für seine Kinder sorgen.«

»Ich möchte dir so gern noch eine Freude machen, ehe wir uns trennen ... Ist es in meiner Macht?«

»Sag mir, wenn du es in Wahrheit sagen kannst, daß du mich lieb gehabt hast und mich nicht vergessen wirst.«

»Ich habe dich über alles geliebt, und ich werde dich nie vergessen.« Da leuchteten ihre Augen in glücklichem Schimmer und sie sagte leise: »Nun hast du mir große Freude gemacht, und nun will ich gehen. Möge dein Leben lang und glücklich sein!«

Sie wandte sich ab und schritt davon. Ich blickte ihr nach, ich hoffte, sie würde mir ihr Antlitz noch einmal zuwenden, mir ein letztes Lebewohl zuwinken. Sie tat es nicht. Aber plötzlich vernahm ich ihre Stimme, ihre geliebte Stimme. Antaras Lied war es, das sie sang. Es erklang laut und herrlich, meine Brust mit namenlosem Sehnen füllend – wurde schwächer und schwächer – war verhallt. – Die Sonne war unter dem Horizont verschwunden. Ein kalter Wind, der mich erschauern machte, fegte durch die Bäume. Es wurde schnell dunkel, und ich fühlte, daß das milde Licht, das meine Jugend erwärmt und erhellt hatte, für immer erloschen sei.

Sedschi

1

Es war im Oktober oder November 1864, als ich in Yokohama im Hause des englischen Ministers Sir Rutherford Alcock die Bekanntschaft des Major Baldwin machte. Ich erinnere mich seiner, als ob ich ihn gestern gesehen hätte: er war ein stattlicher, schöner Mann, mit schwarzem, krausem Haar, vollem, starkem Bart, dunklen freundlichen Augen und tiefer, wohlklingender Stimme. Er mochte damals fünfunddreißig Jahre alt sein und war erst vor einigen Tagen in Yokohama angelangt.

Er unterhielt sich lange mit mir und war begierig, so viel wie möglich von Japan und den Japanern zu hören. Er sagte mir, daß er beabsichtige, mit einem jungen Freunde, dem Leutnant Bird, einen Ausflug nach Kamakura zu machen, und bat um Erlaubnis, mich nach seiner Rückkehr zu besuchen. Ich ersuchte ihn höflich, dies nicht zu vergessen, und wir trennten uns mit einem »Auf baldiges Wiedersehen«.

Acht oder zehn Tage später hatten sich mehrere meiner Bekannten und Freunde in meinem Hause versammelt. Draußen war es kalt und stürmisch. Ein gutes Feuer im gemütlichen Zimmer, Karten und Zigarren hatten die Gesellschaft bis spät in die Nacht zusammengehalten. Im Laufe der Unterhaltung war erwähnt worden, daß man Charles Wirgman, den Korrespondenten der *Illustrated London News*, und Albert de Bonnay, einen französischen Edelmann, der sich seit einiger Zeit in Yokohama aufhielt, Tages zuvor in Kamakura gesehen hätte. Sie hatten mir Grüße gesandt und sagen lassen, daß sie in drei oder vier Tagen nach Yokohama zurückkehren würden.

Es war gegen zwei Uhr morgens, und ich war eben eingeschlafen, als ich von einem japanischen Diener geweckt wurde. Der Mann hatte ein verstörtes Gesicht, und mein erster Gedanke, als ich ihn so unerwartet sah, war, daß das Haus brenne. Ich sprang aus dem Bette und fragte, was vorgefallen sei.

»Man hat zwei Fremde ermordet,« sagte er, »und draußen sind Beamte, die Ihnen dies mitteilen wollen.«

Ich sprach mit den Leuten, die das Gesagte mit dem Zusatze bestätigten, daß das Verbrechen zwischen Kamakura und dem Daibuts[7] verübt worden sei. Die Namen der Ermordeten konnte man mir nicht angeben: die Nachricht der blutigen Tat war vor einer halben Stunde nach Yokohama gelangt, und der Gouverneur hatte es sich zur Pflicht gemacht, die Kunde sofort zu veröffentlichen.

Ich zog mich schnell an und lief zum Gouverneur, den ich persönlich kannte. In den Straßen war es leer und dunkel; aber die Wohnung des Gouverneurs war erleuchtet, und ich wurde ohne weitern Verzug in das Empfangszimmer geführt, wo ich den Oberst Brown, Kommandanten des 20. englischen Infanterie-Regiments, zur Zeit in Garnison in Yokohama, und ferner Herrn Lachlan Fletcher, einen der Sekretäre der englischen Gesandtschaft, antraf.

Ich erfuhr auch dort nur wenig Neues: zwei Fremde seien ermordet worden, die Leichen lägen noch auf der Stelle, wo man sie aufgefunden hätte, auf halbem Wege zwischen Kamakura und dem Daibuts. – Das war alles.

---

[7] Der Daibuts ist ein großes Erzbild, den japanischen Buddha darstellend.

Ich war in großer Sorge um Wirgman und de Bonnay und beschloß, nach Kamakura zu reiten, um mir über deren Schicksal Gewißheit zu verschaffen. Ich eilte nach Hause, wo ich meinen Pony gesattelt und meinen Betto,[8] der in vielen Wettrennen Preise als Schnell- und Dauerläufer davongetragen hatte, für den anstrengenden Ausflug ausgerüstet fand. Obschon es empfindlich kalt war, so hatte er sich doch aller Kleidungsstücke entledigt und sie hinter dem Sattel meines Pferdes befestigt. Er trug nur um Hüften und Lenden eine schmale Schärpe, in der ein kurzes, dolchartiges Schwert steckte. In der Hand hielt er eine Laterne.

Vor der Tür meines Hauses wurde ich von Herrn von Brandt angehalten. Er hatte, wie ich, Kunde von der Mordtat erhalten und teilte meine Besorgnis bezüglich Wirgmans und de Bonnays Schicksal. Als ich ihm sagte, ich beabsichtige, nach Kamakura zu reiten, erbot er sich, mir Gesellschaft zu leisten. Eine Viertelstunde später trabten wir beide die Hauptstraße von Yokohama hinunter zum Tore hinaus.

Ein Ritt von ungefähr drei Viertelstunden brachte uns an den Fuß einer kleinen Hügelkette, die sich zwischen Yokohama und dem Fischerdorfe Kanasava dahinzieht. Die Wege sind dort steil und schlecht. Wir stiegen deshalb ab, um die Pferde am Zügel zu führen und die Tiere und den Betto etwas verschnaufen zu lassen. Der Mond war aufgegangen, die Nacht klar und kalt; von Brandt und ich hatten nur wenige Worte gewechselt. Auf dem weichen Boden hörte man kaum die Tritte der Pferde. Das *»haï – haï«* des Betto, der durch diesen, sich in kurzen Zwischenräumen wiederholenden Ausruf, die Tiere auf die Unebenheit des Weges aufmerksam machte, unterbrach allein die unheimliche Stille der Nacht. Auf der entgegengesetzten Seite des Berges begegneten wir einem einsamen Wanderer. Der Betto hielt ihm die Laterne unter die Nase, und wir sahen ein harmloses Bauerngesicht. Der Mann war so bestürzt über sein Zusammentreffen mit uns, daß wir kaum ein Wort aus ihm herausbringen konnten. Von dem Morde behauptete er nichts zu wissen.

---

[8] japanischer Stallknecht

In der Ebene stiegen wir wieder zu Pferde. Wir ritten durch Kanasava, wo noch alles in tiefem Schlaf lag, und es mochte fünf Uhr morgens sein, als wir in die Kamakuraberge gelangten. Dort mußten wir wieder langsam reiten. Der Betto war außer Atem; als ich ihn aber fragte, ob er noch weiter laufen könnte, nickte er zustimmend mit dem Kopfe. Wir kamen durch einen kleinen, mit einer dünnen Eisrinde überzogenen Bergstrom. Ich sah den Betto, sich Beine und Gesicht darin baden. Die Pferde zeigten noch keine Spur von Müdigkeit, und sobald der Weg es gestattete, setzten wir sie wieder in Trab.

Die Sterne wurden nun bleicher, ein kaltes, graues Halblicht lagerte sich über die öde Winterlandschaft. Vor uns lag die Tempelstadt Kamakura. Brandt und ich hatten während der letzten halben Stunden kaum einige Silben gewechselt. Wir waren beide beklommen: unsere Gedanken eilten unseren Pferden voraus, dem blutigen Ziele unserer Reise zu.

Vor dem großen Teehause von Kamakura saßen mehrere japanische Offiziere. Ich erkannte darunter den Dolmetscher Sinagava. Auf unsere hastigen Fragen antwortete er, wir würden die Leichen am Ende der Tempelallee, dort, wo der Weg nach dem Daibuts plötzlich rechts abbiegt, finden. Die Namen der Ermordeten kannte er nicht. Er hatte die Leichen nicht gesehen.

Im Galopp ging es nun die Allee hinunter. Plötzlich hielten wir beide unsere Pferde an. Einige dreißig Schritte vor uns lag etwas Unheimliches, Schreckliches. Wir hatten Furcht, das zu sehen, was wir gesucht und nun gefunden hatten. Wir stiegen langsam vom Pferde und gaben dem keuchenden Betto die Zügel. – Dicht neben einander lagen zwei Körper, die man mit einer alten Matte bedeckt hatte. Ich zog sie zurück und erblickte zwei schrecklich verstümmelte Leichname. Meine Einbildung war so sehr Herr meiner Sinne geworden, daß ich einen Augenblick Bonnay und Wirgman zu erkennen glaubte. Aber nein – die Ermordeten waren mir fremd. Ich fühlte mich beinah beruhigt; doch war der Anblick grausenerregend. Die Leichen lagen auf dem Rücken, die Arme weit vom Körper, ein Kreuz bildend, die Beine ausgespreizt. Der eine Leichnam war der eines starken, großen Mannes mit schwarzem, krausem Haar und vollem, dunklem Bart, die offenen, gläsernen Augen starrten entsetzlich. In der rechten Hand, von der zwei Finger abgehauen waren, hielt er einen Revolver, in der linken eine mit Blut besudelte Reitpeitsche, neben ihm lag ein abgebrochener Sporn. – Die andere Leiche war die eines jungen, blonden Mannes. Arme und Beine waren buchstäblich zerhackt, der Kopf war beinah vollständig vom Rumpfe getrennt. In der Totenstille, die herrschte, hörte ich deutlich das Ticken seiner Uhr, die halb aus der Westentasche gefallen war. An einem alten Baume, dicht neben den Leichen, waren zwei Pferde angebunden, deren Sättel und Zügel mit Blut bedeckt waren.

Wir hörten Geräusch und blickten auf: zwei Reiter kamen dahergesprengt. Sie sprangen in unserer Nähe von den Pferden, und ich erkannte in ihnen einen Amerikaner, John Stearns, und den schwarzen Pferdehändler Georges, beide Einwohner von Yokohama. Stearns näherte sich den Leichen.

»Das ist Baldwin und das ist Bird,« sagte er, *»poor fellows!«*[9]

Und jetzt erst erkannte ich in dem einen verstümmelten Körper den Leichnam des kräftigen, freundlichen Mannes, den ich vor wenigen Tagen bei Sir Rutherford Alcock gesehen hatte.

Bald darauf langte Lachlan Fletcher an. Er war von Leutnant Wood und von der berittenen Garde des englischen Ministers begleitet. Man untersuchte den Ort, wo der Mord geschehen war, aber die stummen Zeugen der Tat gaben unseren Augen wenig Aufschluß. – Hier und da, besonders in der Nähe eines Brunnens, der sich dort befindet, entdeckten wir Blutspuren. – Das war alles.

Die Soldaten hatten zwei Bahren bereitet, und auf diesen trugen sie die Leichen der Ermordeten bis an das nahe Meeresufer, von wo aus sie mit einem Boote nach Yokohama geschafft wurden.

---

[9] »Arme Burschen!«

2.

Die Kunde von der Ermordung Baldwins und Birds erregte große Aufregung in der kleinen Kolonie von Yokohama. Die beiden Unglücklichen waren zwar nicht die ersten Opfer japanischen Fremdenhasses: der edle Heusken, die Holländer Voß und Decker, Lennox Richardson und viele andere waren vor ihnen gefallen; aber die Ermordung der englischen Offiziere erschien deswegen besonders gehässig und geeignet, selbst die ruhigsten Leute in Besorgnis zu versetzen, weil den Getöteten auch nicht der geringste Fehler, der die Schändlichkeit des Verbrechens einigermaßen hätte mildern können, zur Last gelegt werden konnte.

Baldwin und Bird waren erst vor kurzem in Japan angelangt, beide waren als ruhige, besonnene, freundliche Leute bekannt. Daß sie in ehrlichem Kampfe gefallen seien, war ganz unwahrscheinlich; ihre Eigenschaft als Nicht-Japaner mußte allein die Ursache ihres Todes gewesen sein. Verhielten sich die Dinge in Wahrheit so, wie man annehmen mußte, dann war kein Fremder in Japan seines Lebens mehr sicher, und jeder verteidigte seine persönlichen Interessen, wenn er laut und mit Nachdruck auf Ergreifung ernster Maßregeln zur Entdeckung der Missetäter drang.

Unter dem Einfluß der öffentlichen Entrüstung schritten die englischen Behörden auf das energischste ein. Sir Rutherfort Alcock begab sich sofort nach Yeddo, um dort mit den höchsten Behörden verhandeln zu können, und erzwang von diesen das Versprechen, es solle nichts versäumt werden, um die Mörder zu entdecken und zu bestrafen. Das Verhör der japanischen Zeugen fand in Gegenwart des englischen Konsuls und Dolmetschers statt. Die Umstände, unter denen Baldwin und Bird erschlagen worden waren, wurden dadurch bald allgemein und genau bekannt.

Beato, ein Italiener, und die bereits genannten Herren Wirgman und de Bonnay waren die letzten Fremden gewesen, die Baldwin und Bird lebend gesehen hatten. Diese fünf hatten sich in der Nähe des Tempels von Daibuts getroffen und dort zusammen gefrühstückt. – Baldwin und Bird hatten ihre Absicht zu erkennen gegeben, vom Daibuts über Kamakura und Kanasawa nach Yokohama zurückzukehren, während Beato, Wirgman und de Bonnay übereingekommen waren, den Weg nach Yokohama über Fusisawa einzuschlagen. Die letzteren waren am Abend dort angelangt. In der Nacht hatte sie ein Betto geweckt und ihnen gesagt, daß zwei Fremde auf dem Wege zwischen dem Daibuts und Kamakura ermordet worden seien; aber keiner der Fremden hatte diesem Gerüchte Glauben schenken wollen, und sie waren am anderen Morgen ruhig und unbelästigt nach Yokohama zurückgereist.

Ein junger Bursche von zwölf Jahren, der Sohn eines japanischen Tagelöhners, war der wichtigste Zeuge. Um seine Aussage verständlich zu machen, ist es notwendig, einige Worte über den Schauplatz der tragischen Handlung zu sagen.

Der Boden zwischen Kamakura und dem Daibuts ist flach. Wenn man von Kamakura kommt, führt der Weg zunächst durch eine schöne, breite Allee, die auf beiden Seiten mit alten, hohen Bäumen bepflanzt ist. Am Ende dieser Allee befindet sich ein kleines Teehaus. Links von dem Teehause ist ein Brunnen, rechts ein mächtiger Baum, dessen Stamm eine kleine Ruhebank birgt, die auf der, dem Wege entgegengesetzten Seite des Baumes angebracht ist. Zwischen dem Teehause und dem Baume biegt der Weg scharf nach rechts ab, verengt sich zum Fußsteig und schlängelt sich durch unbewaldetes Ackerfeld bis zum Dorfe, in dessen Nähe der Tempel von Daibuts gelegen ist. Ein auf der Ruhebank Sitzender kann diese Ebene und den Acker übersehen und sich den Blicken der von der einen oder anderen Seite Kommenden leicht entziehen. – In gerader Fortsetzung der Allee führt eine dritte Straße zum Meeresufer. Auf beiden Seiten derselben erheben sich künstliche Erdwälle, die ungefähr vier Fuß hoch und wahrscheinlich als ein Schutz gegen hohe Fluten errichtet worden sind. Hinter diesen Erdwällen befindet sich dichtes, mannshohes Gesträuch. Man kann auch von dort aus die Allee, die nach Kamakura, und den Weg, der nach dem Daibuts führt, überblicken. Hier und da, in der Ebene und in der Nähe der drei bezeichneten Straßen, liegen vereinzelte Häuser und Hütten, die von Feldarbeitern und Fischern bewohnt werden.

Der japanische Knabe, von dem ich oben gesprochen habe, sagte nun aus, daß er, am Tage der Ermordung Baldwins und Birds, von seinem Vater, der in der Nähe des am Ende der Allee gelegenen Teehauses wohnte, ausgeschickt worden sei, um Öl zu kaufen. Auf dem Wege nach dem Daibuts war er zwei japanischen Offizieren begegnet, die ihn gefragt hatten, wie lange man zu gehen habe, um nach Kamakura, nach dem Daibuts und nach dem Meere zu gelangen. Der Bursche hatte die verlangte Auskunft gegeben und war seines Weges gegangen. Auf dem Rückweg waren ihm dieselben Leute wieder aufgefallen. Sie hatten sich auf der Ruhebank niedergelassen, und es war ihm nicht entgangen, daß sie jetzt die weiten Ärmel ihrer Gewänder aufgeschürzt hatten, wie die Japaner es zu tun pflegen, wenn sie sich zum Kampfe, zum Laufen oder zu einer heftigen Bewegung vorbereiten wollen. Einer der beiden Offiziere hatte ihm barsch zugerufen, er solle sich fortmachen oder es werde ihm Arges geschehen.

Der Knabe hatte den Weg, der zum Meere führt, eingeschlagen, war über einen der Erdwälle geklettert und hatte sich im Gesträuch versteckt. Von dort aus hatte er zwei fremde Reiter gesehen, die langsam durch die Ebene vom Daibuts dahergezogen kamen. Sie ritten einer hinter dem andern: Baldwin war der Beschreibung nach der erste gewesen, ihm war Bird in einer Entfernung von ungefähr zehn Schritten gefolgt. – Als sie sich der Bank genähert hatten, waren die Offiziere aufgestanden, und in demselben Augenblicke, als Baldwins Pferd an dem Baum vorüberging, hatten sie den Reiter angefallen und ihm mehrere Schwerthiebe versetzt. Dies hatte nur einige Sekunden gedauert. Das Pferd hatte einen Sprung gemacht, und Baldwin war zu Boden gefallen. Die Japaner hatten sich für den Augenblick nicht weiter um ihn bekümmert, sondern waren auf Bird eingedrungen, der inzwischen ebenfalls den verhängnisvollen Baum, der ihm den Mord Baldwins verborgen, erreicht hatte. – Der Knabe hatte einen schrecklichen Schrei vernommen und gleich darauf auch Bird am Boden liegen, und ein reiterloses Pferd davon sprengen sehen. Der erst Gefallene, Baldwin, hatte sich aufgerichtet: sein Gesicht und seine Kleider waren voll Blut gewesen; in der einen Hand den Revolver, hatte er sich taumelnd nach dem Wall geschleppt, hinter dem das Kind verborgen war, und dort, in einer fremden Sprache, die der junge Japaner nicht verstanden, etwas gerufen. Es waren nur wenige, und immer dieselben Worte gewesen. Er hatte versucht, über den Wall zu klimmen, als die japanischen Offiziere wiederum auf ihn losgestürzt waren. Dann hatte das Kind einen zweiten furchtbaren Schrei gehört – und darauf war alles totenstill geworden. Der eine Japaner hatte eine Hand voll Blätter aufgerafft und damit sein Schwert abgewischt. Gleich darauf waren beide Leute verschwunden.

Der Knabe hatte sich vor Angst während einiger Minuten nicht von der Stelle gerührt. Als er einen letzten Blick auf das blutige Schauspiel geworfen, hatte er gesehen, wie der große Mann mit dunklem Haar, Baldwin, auf allen vieren nach dem Brunnen zu kriechen versucht hatte, wo Bird lag. Das Kind war darauf nach Hause gelaufen und hatte seinem Vater von dem Morde erzählt.

Die Aussagen dieses Hauptzeugen trugen den Stempel vollkommener Wahrheit. Sie wurden übrigens auch im Laufe des Verhörs durch andere Aussagen bestätigt und bekräftigt. Ein Punkt nur blieb unaufgeklärt. Die Japaner, die Baldwin und Bird bald nach der Mordtat gesehen hatten, erklärten einstimmig, daß die beiden Verwundeten noch einige Zeit gelebt und miteinander gesprochen hatten. Das vom englischen Doktor Woodworth vorgenommene *post mortem examen*[10] schloß aber ganz bestimmt dahin, daß Bird keine Sekunde mehr gelebt haben konnte, nachdem er eine Wunde erhalten, die den Kopf teilweise vom Rumpfe getrennt hatte. Man nahm demnach allgemein an, daß die Leute, die den Unglücklichen gefunden, Bird im Laufe des Abends kalten Blutes abgeschlachtet hatten, um in ihm einen Zeugen der Mordtat aus dem Wege zu räumen: denn Bird, obgleich seine Arme und Beine schrecklich zerhackt waren, hatte nur eine tödliche Wunde - die am Nacken.

Dieser Widerspruch zwischen den Zeugenaussagen und dem vom Dr. Woodworth gegebenen Gutachten ist nicht aufgeklärt worden.

Baldwin hatte sein junges Leben aus einer Wunde ausgehaucht, die ihm wahrscheinlich beigebracht worden war, als er, seinen Feinden den Rücken kehrend, über den Erdwall zu klimmen versucht hatte. Ein Hieb, der an zwei Fuß lang war und von der linken Schulter zur rechten Hüfte reichte, mußte ihn in kurzer Zeit getötet haben.

Die Beerdigung von Baldwin und Bird fand in Yokohama statt. Die ganze Fremdengemeinde, das 20. Regiment und viele japani-

---

[10] nach dem Tode vorgenommene Untersuchung.

sche Beamte begleiteten die Leichen nach dem Friedhofe. Oberst Brown, Kommandant des Regiments, dem Baldwin und Bird angehört hatten, sprach einige Worte, welche den Augen der Anwesenden Tränen entlockten. Sir Rutherford Alcock gelobte angesichts der offenen Gräber, alles zu tun, was in seinen Kräften stehe, um den schändlichen Mord zu rächen. Drei Salven wurden abgefeuert, und die Leidtragenden zogen sich ernst und still zurück.

3.

Ungefähr vier Wochen nach dem Begräbnis von Baldwin und Bird verbreitete sich in Yokohama die Kunde, daß einer der Mörder der englischen Offiziere verhaftet worden sei. Dies Gerücht wurde denn auch bald durch die amtlichen Bekanntmachungen des englischen Konsuls Winchester bestätigt. Der Name des Gefangenen, Schimidso Sedschi, wurde genannt, und die baldige Veröffentlichung seines Verhörs, Geständnisses und seiner Verurteilung angekündigt. Wenige Tage später brachten die Zeitungen von Yokohama die versprochenen Schriftstücke. Man erfuhr daraus Folgendes:

Man hatte Sedschi in Sinagawa, der östlichen Vorstadt von Peddo, verhaftet. Er war dort vor einigen Wochen angekommen und hatte sich, ohne Verdacht zu erregen, in einem der zahlreichen Teehäuser des Ortes eingemietet. Seine Ausgaben waren mäßig, er bezahlte sie regelmäßig und gab sich für einen »Ronin« - herrenlosen Edelmann - aus, wie es deren damals viele in Yeddo und namentlich in Sinagawa gab. Sedschi hatte seinem Wirte erzählt, daß er die Ankunft einiger Freunde erwarte, in deren Gesellschaft er sich nach Simonoseki, im Süden von Japan, begeben wolle. In Peddo schien er niemand zu kennen. Sein einziger Umgang dort war eine junge, hübsche »Odori«-Tänzerin, die im Dienste des Teehauses stand, in dem Sedschi abgestiegen war, und über deren Freikaufung er bereits mehrfach mit dem Wirte unterhandelt hatte. Dieser hatte für das Mädchen einen höheren Preis gefordert, als ihr Freund zu zahlen im Stande war. Sedschi hatte jedoch dem jungen Mädchen versprochen, die Angelegenheit vor seiner Abreise von Peddo in Ordnung zu bringen. Die Tänzerin schien große Zuneigung zu ihrem Beschützer gefaßt zu haben, und die beiden verließen sich nur selten.

Das Teehaus war ein Sammelplatz für junge, wüste Edelleute, Beamte und »Ronins«, die sich dort allabendlich in zahlreicher Gesellschaft einzufinden pflegten, und deren Gelage häufig bis spät in die Nacht hinein dauerten. Sedschi war zu verschiedenen Malen eingeladen worden, sich der lauten, lustigen Brüderschaft anzuschließen, aber er hatte dies immer höflich abgewiesen, unter dem Vorwande, daß er unwohl, und weder zum Trinken noch zum Singen aufgelegt sei. Der Wirt bemerkte, daß ihn dies nicht verhinderte, bedeutende

Mengen von »Sakki«-Reisbranntwein auf sein Zimmer kommen zu lassen, um sich dort in Gesellschaft seiner Odori zu berauschen.

Eines Abends erschien Sedschi unerwartet im großen Saal des Teehauses, in dem wie gewöhnlich zahlreiche Gesellschaft versammelt war. Er sah erhitzt und aufgeregt aus, und nachdem er einen artigen Gruß mit mehreren der anwesenden Gäste ausgetauscht hatte, rief er nach Fisch, Früchten und Sakki und ließ sich inmitten eines lauten, lustigen Kreises nieder, zur Seite der Tänzerin, die mit ihm in den Saal getreten war. Die anwesenden Offiziere, die einen Standesgenossen in ihm erkannten und einen fröhlichen Kumpan in ihm vermuteten, luden ihn ein, sich zu ihnen zu gesellen. Sedschi nahm dankend an, und bald hörte man ihn erzählen, singen und lachen. Er war augenscheinlich berauscht.

Der Wirt, der seit langer Zeit begierig war, Auskunft über die Verhältnisse seines gewöhnlich so stillen und zurückhaltenden Gastes zu erhalten, schenkte ihm fleißig ein: Sedschi wurde mit jeder Minute lauter und aufgeregter. – Seine Freundin, die, ohne sich an dem Gelage zu beteiligen, neben ihm saß, redete ihm leise zu, sich aus dem Saale zu entfernen und auf sein Zimmer zurückzuziehen. Aber Sedschi stieß sie unsanft zurück und rief ihr barsch zu, sie möge sich zu Bette scheren, wenn sie müde sei, und solle ihn unbehelligt lassen. Die Odori rührte sich jedoch nicht vom Platze und blieb schweigsam und ernst neben ihrem Geliebten sitzen.

Im Laufe der allgemeinen Unterhaltung, die unterdessen ihren Fortgang genommen hatte, fiel bald darauf das Gespräch auf die in Peddo und Yokohama ansässigen »Todjin« – Fremdlinge. Als Sedschi diesen Namen aussprechen hörte, wurde er plötzlich wütend. Er überhäufte die Fremden mit Schimpfworten, schmähte auf die Schwäche der japanischen Regierung, welche die übermütigen Eindringlinge im Reiche duldete, und schloß damit, daß er ausrief, die Barbaren würden bald aus Japan verschwunden sein, wenn sich nur einige Patrioten fänden, die geneigt wären, mit ihm gemeinschaftliche Sache zu machen und wie er zu handeln.

Der Mord von Kamakura war damals frisch in vieler Leute Gedächtnis. Die Polizei von Heddo, durch den englischen Minister bedroht und bedrängt, hatte alle ihr zu Gebote stehenden Mittel angewandt, um den Missetätern auf die Spur zu kommen. Namentlich hatten auch die Wirte der berüchtigten Teehäuser von Sinagawa strengen Befehl erhalten, auf ihre Gäste und deren Unterhaltung zu achten und über alles Verdächtige, was ihnen zu Ohren kommen möchte, an die Polizei zu berichten.

Nachdem Sedschi gesprochen hatte, erhob sich der Wirt langsam. – Die Zecher, namentlich der aufgeregte Sedschi, bemerkten dies nicht. Aber die Odori sah den Mann bald darauf zur Tür hinausschlüpfen. Sie wandte sich sofort an Sedschi und flüsterte ihm einige Worte ins Ohr. Eine plötzliche und große Veränderung kam darauf über das Wesen des Lonin. Er wurde still, und nach einigen Sekunden stand er auf und begab sich auf sein Zimmer. Er kehrte bald zurück, um seinen Platz wieder einzunehmen; aber er beteiligte sich ferner nicht mehr an der Unterhaltung seiner Genossen, sondern saß still und verschlossen, die Arme auf den Lenden, um schnell aufspringen zu können, und die Augen auf die Türe gerichtet, durch die der Wirt verschwunden war. Nach kurzer Zeit öffnete sich diese wieder, und der Wirt, von mehreren Polizeibeamten begleitet, trat in den Saal und forderte Sedschi mit lauter Stimme auf, ihm zum Offizier der öffentlichen Sicherheit des Viertels zu folgen.

Der Lonin war im Nu auf den Beinen. Er hatte einen Dolch aus dem weiten Ärmel seines Gewandes gezogen und stürzte mit der blanken Waffe auf den Verräter los, der ihn geliefert hatte. Aber Sedschi hatte mit gewerbsmäßigen Diebesfängern zu tun. Zwei von ihnen, die seine Bewegungen vorher gesehen zu haben schienen, fielen ihn von hinten an, warfen ihn mit großer Gewandtheit zu Boden und schnürten ihm die Kehle zu, während ihre Helfershelfer sich damit beschäftigten, den Gefallenen an Armen und Beinen mit starken Stricken zu fesseln. Sedschi verteidigte sich wütend; er mußte jedoch der Übermacht unterliegen, und nach wenigen Minuten war er vollständig hilflos in den Händen seiner Verfolger.

Die übrigen Gäste des Teehauses, die dem Auftritt als teilnahmlose Zuschauer beigewohnt hatten, entfernten sich ruhig. Die Odori war während des Kampfes aus dem Saale entflohen. Sedschi wurde geknebelt nach dem Gefängnis geschleppt und dort vorläufig in eine Zelle geworfen, wo man sich während der Nacht nicht weiter um ihn bekümmerte. – Am nächsten Morgen wurde er darauf von einem höher gestellten Polizeibeamten vernommen. Auf die gewöhnlichen Fragen, woher er komme, wovon er lebe, was er treibe, hatte er keinen befriedigenden Bescheid geben können. Der Untersuchungsrichter hatte ihm darauf mitgeteilt, daß ein schwerer Verdacht auf ihm hafte, und gedroht, die Folter anzuwenden, um Sedschi zur Achtung vor der Gerechtigkeit, d. h. zum Bekenntnis der Wahrheit zu zwingen.

Sedschi hatte darauf feierlich erklärt, daß er bereit sei, ein vollständiges Geständnis abzulegen und alle an ihn gerichteten Fragen der Wahrheit gemäß zu beantworten. Er hatte ohne weiteres eingestanden, daß er der Mörder der beiden Engländer sei, aber gleichzeitig die Hoffnung ausgesprochen, daß die Richter die uneigennützigen, patriotischen Absichten der von ihm verübten Tat berücksichtigen und ihm gestatten würden, wie ein Edelmann zu sterben, d. h. sich selbst zu entleiben. Der Untersuchungsrichter hatte kein Versprechen machen können und wollen, er hatte den Gefangenen daran erinnert, daß man ihm nur die Wahl zwischen der Folter oder einem offenen Geständnis gelassen habe. Darauf hatte Sedschi in der Sprache eines gebildeten Japaners eine Erklärung abgelegt und unterschrieben, die bald darauf in Yeddo und Yokohama in japanischer und englischer Sprache veröffentlicht wurde und wie folgt lautete:

»Ich heiße Schimidso Sedschi. Ich stamme aus Awomori. Ich bin fünfundzwanzig Jahre alt. Meine Mutter habe ich nicht gekannt. Sie verließ meinen Vater, der sie nicht mehr liebte, als ich kaum drei Jahre alt war, und zog sich in ihre Familie zurück. Mein Vater erzählte mir später, daß sie einen Offizier aus Nambu geheiratet habe. Aber ich habe nie etwas von ihr gehört und ich kenne weder ihren alten noch ihren neuen Namen. Ich wurde durch die zweite Frau meines Vaters erzogen. Mein Vater stand damals im Dienste des Prinzen von Awomori und bekleidete eine angesehene Stellung. Eines Tages geriet er mit einem nahen Verwandten seines Herrn in heftigen Streit, und dieser entließ meinen Vater aus seinem Dienste und befahl ihm, das Gebiet von Awomori zu meiden.

»Wir zogen darauf nach einer kleinen Stadt der Provinz Sendai. Meine Stiefmutter hatte uns nicht begleitet. Mein Vater hatte vorausgesehen, daß wir in ärmlichen Verhältnissen zu leben haben würden, und es vorgezogen, seine Frau, die an Wohlleben gewöhnt war, zu ihren Verwandten zurückzuschicken. Sie schrieb ihm regelmäßig und schickte ihm auch von Zeit zu Zeit etwas Geld; aber sie konnte nicht viel für den Abwesenden und in Ungnade Gefallenen tun. Unsere Lage wurde bald eine sehr drückende. Mein Vater verkaufte nach und nach seine Waffen und überflüssigen Kleidungsstücke und behielt zuletzt nur noch zwei Schwerter, die seit langen Jahren in unserer Familie waren und von denen er sich nicht trennen wollte, damit sie nach seinem Tode in meine Hände gelangen könnten. Sorgen und Entbehrungen warfen ihn endlich auf das Krankenlager, von dem er sich nicht wieder erhob. Vor seinem Tode gab er mir die beiden Schwerter und erinnerte mich daran, daß ich aus einer guten Familie stamme und daß ich mich bemühen müßte, unserm Namen seinen alten Glanz wiederzugeben.

»Ich war im Waffenhandwerk unterwiesen worden. Nach dem Begräbnis meines Vaters verließ ich Sendai und bot meine Dienste verschiedenen Prinzen an; aber ich konnte keinen Herrn finden. Überall hörte ich, Japan verarme, sein alter Ruhm vergehe, weil Fremdlinge wie Herren des Reiches hausten und den Reichtum des Landes auf ihren großen Schiffen fortschleppten. – Die Goldmünzen waren bereits verschwunden, nur wohlhabende oder reiche Leute waren noch in der Lage, seidene Gewänder zu tragen, für die gewöhnlichsten Lebensmittel, Tee und Reis, mußte man das Doppelte und Dreifache entrichten, was früher dafür gezahlt worden war. Die Prinzen waren genötigt, Anleihen zu machen und Grundbesitz zu verpfänden, um in der Lage zu sein, standesgemäß zu leben. Sie konnten unter diesen Umständen nicht daran denken, die Anzahl ihrer Beamten und Soldaten zu vermehren.

»Ich erfuhr, daß sich im Süden von Japan, im Reiche des Prinzen von Nagato, ein Aufstand gegen die Fremden vorbereite und daß es mir dort vielleicht leichter sein würde, Beschäftigung zu finden. Ich durchschritt ganz Japan, um mich an dem Kriege beteiligen zu können. Ich litt Hunger und Kälte während der beschwerlichen, langen Reise. Als ich endlich in Simonoseki angelangt war, erfuhr ich, daß die Patrioten geschlagen seien, und daß man den Prinzen von Nagato, den Taikun und sogar den Mikado gezwungen habe, entehrende Verträge mit den fremden Siegern abzuschließen.

»Darauf ging ich mit einigen andern Lonins nach Yeddo zurück und vergrub meine Waffen vor der Stadt und suchte Beschäftigung als Tagelöhner. Ich verdiente auf diese Weise genug, um ein erbärmliches Leben zu fristen; aber der Gedanke, die Fremden trügen die Schuld daran, daß ich so elend leben müsse, verließ mich nie.

»Eines Tages erhielt ich von einem Kaufmann, der mich seit einiger Zeit beschäftigte, den Auftrag, ein Paket nach Yokohama zu tragen. Was ich in dieser Stadt sah, erfüllte mich mit Verwunderung. Niemand zollte den Beamten und Offizieren dort die geringste Achtung, und fremde Kaufleute und Handwerker trabten zu Pferde durch die Straßen, als wären sie geborene Edelleute. – Im Theater, wo ich am Abend eine Stunde zubrachte, sah ich die Fremden auf den ersten Plätzen. Sie lachten und unterhielten sich mit lauter Stimme, sie kamen und gingen, ohne sich um die Vorstellung und um die Zuschauer zu kümmern, als wären sie die rechtmäßigen Herren des Hauses. Die Japaner von Yokohama waren dermaßen an das unhöfliche und beleidigende Benehmen der Fremden gewöhnt, daß sie es gar nicht mehr zu merken schienen. Sie machten sogar Platz, wenn einer dieser hochmütigen Leute bei ihnen vorbei ging, und schämten sich nicht, sich ungezwungen und freundschaftlich mit ihnen zu unterhalten. Ich verließ das Theater in großer Aufregung. Wäre ich bewaffnet gewesen, so hätte ich mir Achtung zu verschaffen gemußt.

»Ein Diener des Hauses, in dem ich abgestiegen war, fragte mich, ob ich einen der Paläste der ›Todjin‹ besuchen wollte. Ich willigte ein, und er führte mich in die Wohnung eines Kaufmanns. Der Bruder meines Führers, der dort als Kammerdiener angestellt war, begleitete mich darauf zu seinem Herrn und bat um Erlaubnis, mir das Haus zu zeigen. Der Fremdling war ein junger Mann. Er erwiderte meinen höflichen Gruß kaum und sagte: ›Geht – Seht‹. Ich war über seine Ungezogenheit erzürnt und wollte mich entfernen; aber der Diener versuchte, seinen Herrn zu entschuldigen und sagte, das Herz des Fremden sei gut, seine Sprache nur sei barsch und ungewöhnlich. Ich tat, als ob mir diese Erklärung genügte; aber ich war beschämt zu sehen, daß Japaner solchen Herren dienen mußten.

»Das Haus des Todjin war mit außerordentlicher Pracht eingerichtet. Statt der Matten, mit denen sich jeder Japaner begnügt, lagen kostbare Teppiche auf dem Boden, an den Wänden hingen Bilder und Zeichnungen, die Zimmer waren mit Stühlen und Bänken gefüllt, und wo man hinsah, erblickte man wertvolle Gegenstände: Uhren, Bücher, Vasen, Ferngläser, Waffen. In einer der Stuben befand sich eine junge, schöne Japanerin. Sie war reich geschmückt, als wäre sie die Frau eines hohen Beamten, sie grüßte freundlich lächelnd und schien die Schmach ihrer Stellung nicht zu fühlen. Der Diener redete sie mit großer Unterwürfigkeit an und bat die Dirne um Erlaubnis, mir das Schlafgemach und das Badezimmer des Herrn zu zeigen. – Als ich am Abend nach Yeddo zurückkehrte, dachte ich an alles, was ich gesehen hatte, und an mein eigenes Elend.

»Einige Tage später traf ich in einem Teehause von Sinagawa mit einem jungen Edelmann zusammen. Er war ebenfalls in Yokohama gewesen und erzählte von dem Stolz und der Macht der Fremden. Ich sagte, daß ich mich stark genug fühle, einen jeden ›Todjin‹, der mir in den Weg käme, zu töten. Wir unterhielten uns darauf lange Zeit über den Zustand von Japan, und ich gab mich ihm als einen herrenlosen Edelmann zu erkennen. Darauf schwuren wir uns Freundschaft und zeichneten einen Vertrag ›bis zum Tode‹ und beschlossen, nach Yokohama zu ziehen und dort so viel Fremde zu töten wie irgend möglich.

»Mein Freund war ebenfalls ein Lonin und war so arm wie ich. Wir mußten Mittel finden, wie freie Männer zu leben. Wir gingen deshalb eines Abends in das Haus eines Mannes, von dem wir wußten, daß er reich sei, und forderten ihn auf, uns Geld zu geben. Wir waren vermummt, wir waren bewaffnet und kampfbereit und zum Äußersten entschlossen. Wir drohten ihm mit dem Tode, wenn man uns nicht gäbe, was wir verlangten. Der Mann flehte, wir möchten uns mit 150 Rios begnügen (ungefähr 900 Mark), da er am folgenden Tage eine große Schuld zu bezahlen habe. Wir nahmen diese Summe, und er versicherte uns seiner Dankbarkeit, und schwur, daß er des Überfalles zu niemand erwähnen und uns nicht verfolgen würde. Darauf kaufte ich meinem Stande angemessene Kleider, grub mein Schwert aus und begab mich mit meinem Freunde nach Yokohama. Aber die Stadt war scharf bewacht, und da wir keine Pässe hatten, wurden wir an allen Toren und Brücken von den japanischen Wachen zurückgewiesen.

»Wir hielten uns darauf mehrere Wochen in der Umgegend von Yokohama auf. Wir trafen häufig Fremde an. Sie zeigten sich gewöhnlich nur in zahlreicher Gesellschaft, bewaffnet und auf ihrer Hut. Sie waren meist zu Pferden und ritten in der Mitte der breiten Straßen, oder trabten schnell durch die engen Wege.

»Darauf gingen wir nach Kamakura, um im großen Hadsima-Tempel – des Gottes der Krieger – unsere Andacht zu verrichten. Auf dem Wege nach Kamakura und in der heiligen Stadt selbst sahen wir wieder viele Fremde; aber es gelang uns noch immer nicht, uns ihnen zu nähern. – Am Nachmittage endlich, da wir auf der Lauer umherstreiften, erblickten wir zwei Reiter, die auf dem engen Wege von Daibuts langsam nach Kamakura geritten kamen. Wir waren beide entschlossen, sie zu töten, und wir erschlugen sie, als sie an uns vorbeireiten wollten. Dies ist wahrlich alles, was ich zu sagen habe.«

Sedschi wollte anfänglich den Namen seines Helfershelfers nicht nennen. Er behauptete, er habe den Mann vorher nie gekannt, er wisse nichts von seiner Herkunft, nichts von seiner Familie. Als der Richter darauf wieder mit der Folter drohte, fügte Sedschi hinzu, daß sein Freund sich Tzé-siro genannt und vorgegeben habe, aus der Provinz Owari gebürtig zu sein. Sedschi wurde darauf gepeitscht, weil man vermutete, daß er die ihm bekannte Wahrheit verschweige oder entstelle. Aber er schwur bei allem was heilig ist, daß er jede wesentliche Auskunft gegeben habe. Er beschrieb Tzé-siro als einen Mann von fünfundzwanzig bis achtundzwanzig Jahren, groß und stark. Er, Sedschi, habe sich sofort nach der Ermordung der beiden Engländer von seinem Genossen getrennt und seitdem nichts wieder von ihm gehört. – Die Richter, die im Grunde ihres Herzens mit Sedschi sympathisieren mochten, erklärten sich mit dieser Auskunft befriedigt.

Das Urteil der japanischen Behörden über Schimidso Sedschi, dessen Verhör in Yeddo stattgefunden hatte, wurde in den Straßen von Yokohama öffentlich ausgerufen und angeschlagen. Es lautete dahin, daß Schimidso, in Berücksichtigung der großen von ihm begangenen und eingestandenen Verbrechen, an einem bestimmten Tage nach Yokohama gebracht und, nachdem er zu Pferde durch alle Hauptstraßen der Stadt umhergeführt worden sei, auf dem öffentlichen Richtplatze durch das Schwert enthauptet werden sollte.

4.

Es war im Monat Januar, etwa drei Monate nach der Ermordung der englischen Offiziere, als mein japanischer Diener mir eines Morgens die Mitteilung machte, er habe in Hondjodori, der Hauptstraße von Yokohama, ein Schild gelesen, auf dem angezeigt sei, daß Schimidso Sedschi im Laufe des Tages durch die Stadt geführt und vor Sonnenuntergang auf dem Richtplatze von Tobi, eine Viertelmeile von Yokohama, enthauptet werden sollte.

Ich war begierig, den Mann, der meine Gedanken während der letzten Wochen oft beschäftigt hatte, von Angesicht zu Angesicht zu sehen, und trug dem Diener auf, mich rechtzeitig von Schimidsos Ankunft in Yokohama zu benachrichtigen.

Gegen zwei Uhr nachmittags erfuhr ich, daß der Mörder in der Vorstadt Benten angelangt sei und in wenigen Minuten durch die Straßen geführt werden würde. – Ich verließ meine Wohnung und begab mich eiligen Schrittes nach Benten. Der Zug hatte sich bereits in Bewegung gesetzt. Ich traf ihn in der großen Straße von Yokohama. Ich bahnte mir, nicht ohne Mühe, Weg durch eine dichte Menschenmasse und gelangte in die unmittelbare Nähe des Pferdes, auf dem Schimidso festgebunden saß. Vor und hinter dem Mörder gingen japanische Soldaten. Einige waren bewaffnet, andere trugen große Schilder, auf denen, in japanischer Sprache, Schimidsos Verbrechen und Verurteilung verzeichnet waren. Ich warf nur einen flüchtigen Blick auf sie und richtete sodann meine Aufmerksamkeit auf den zum Tode Verurteilten. Ich habe den Ausdruck des kalten, grausamen, stolzen Gesichtes nicht vergessen können, und die ganze Gruppe steht mir noch heute lebhaft vor Augen.

Schimidso saß auf einem hohen Sattel. Er konnte von allen Seiten gesehen werden und nach allen Seiten hin sehen. Arme und Beine waren gefesselt; aber die Bande waren locker genug, um ihm, dem Anschein nach, die freie Bewegung seiner Gliedmaßen zu gestatten. Er war sauber gekleidet und frisch rasiert, sein Haupthaar, ein höchst wichtiger Schmuck bei der japanischen Toilette, war mit Sorgfalt geordnet. Er war blaß und abgemagert: aber auch nicht eine Spur von Furcht oder Bewegung war auf dem eisig kalten Gesichte zu lesen. Er saß in anscheinend ungezwungener Haltung auf dem breiten Sattel und drehte sich langsam bald nach dieser, bald nach jener Seite, um die umwogende Menge zu mustern. Sein Blick schweifte ruhig und gleichgiltig über das bunte Gewühl, so ruhig und kalt, daß es den Anschein hatte, die Menge diene ihm zum Schauspiel.

Von Zeit zu Zeit - vier oder fünfmal während der Stunden, wo ich ihn nicht aus den Augen verlor - öffnete er den Mund und sang mit lauter Stimme. Es waren Recitative,[11] Feierlichkeit mit eigentümlich ergreifendem Pathos[12] vorgetragen. Der Ausdruck seines Gesichtes blieb dabei unverändert ruhig, der Mund allein, mit den graden schmalen Lippen, bewegte sich, während die langgezogenen Klagetöne hell und klar durch die Luft zogen. Seine Improvisationen[13] waren einfach und so deutlich vorgetragen, daß viele von den Fremden seinen Worten folgen konnten.

»Ich heiße Schimidso Sedschi,« sang er, »ich bin ein Lonin aus Awomori, und ich sterbe, weil ich Fremdlinge erschlagen habe.

»Heute abend fällt mein Haupt, und morgen wird es auf dem Marktplätze von Yokohama ausgestellt sein. Die Fremden werden dann ein Gesicht sehen, das bis zum Tode Furcht vor ihnen nicht gekannt hat.

»Es ist ein bitterer Tag für Japan, da ein Edelmann sterben muß, weil er einen Fremdling erschlagen.

---

[11] gesangartige Erzählungen

[12] Feierlichkeit

[13] Stegreifreden

»Starken Mutes würde ich wie ein Edelmann zu sterben gewußt haben, aber die Gnade des Herrschers von Japan hat mich den Feinden des Vaterlands überliefert, und der Tod eines gemeinen Verbrechers erwartet mich.

»Männer von Yokohama, die ihr mich hört, erzählt den Patrioten von Japan, daß der Lonin Schimidso Sedschi angesichts des Todes nicht gezittert hat.«

Es war ein kalter Wintertag, und schon näherte sich die Sonne dem Gipfel von Fusi-yama[14] und rötete mit ihrem Feuerlichte die ungeheuern Schneefelder, die den ausgebrannten Vulkan umhüllen. Ich hatte mich zu Polsbroek, dem holländischen Minister, einem alten Freunde von mir gesellt, und wir hatten beschlossen, Schimidso bis zur Richtstätte zu begleiten. Der Zug bewegte sich schnell vorwärts. Um vier Uhr war der Gang durch die Straßen beendet.

Auf dem Wege nach Tobi, wo die Hinrichtung stattfinden sollte, nahm Schimidso Sedschi seine letzte Mahlzeit ein. Er schien ausgehungert und aß begierig alles, was man ihm gab. Er trank auch mit sichtlichem Behagen mehrere Gläser warmen japanischen Branntweins (Sakki) und unterhielt sich ungezwungen mit dem ihn bedienenden Henkersknechte.

Als der Zug sich wieder in Bewegung setzte, war es bereits dunkel geworden, und als er in Tobi anlangte, herrschte finstere Nacht. Es war auch empfindlich kalt geworden. Man zündete Feuer und Fackeln an. Einige Soldaten der Wache hoben Sedschi vom Pferde und lockerten seine Bande. Er rieb sich Arme und Beine, die durch Kälte und Bewegungslosigkeit steif geworden waren, und näherte sich langsam einem der Feuer. Dort blieb er einige Minuten stehen und starrte, in tiefes Nachdenken versunken, regungslos in die flackernde rote Flamme. Dann stieß er einen tiefen, lauten Seufzer aus und, sich nachlässig umwendend, fragte er einen der ihm nahestehenden Soldaten, wie spät es sei?

»Sieben Uhr,« gab man ihm zur Antwort.

---

[14] berühmter hoher Berg

»Sieben Uhr,« wiederholte er bedächtig. »Man hatte mir in Yeddo versprochen, daß um vier Uhr alles vorbei sein würde. Es ist kalt, mich friert: weshalb läßt man mich so lange warten?«

Wir hatten uns Platz in der unmittelbaren Nähe des verurteilten Mannes zu verschaffen gewußt. Ich konnte die Augen nicht von ihm abwenden. Ich sah jede seiner Bewegungen und hörte jedes seiner Worte. Er ließ sich schwerfällig vor dem Feuer nieder und verlangte eine Tasse heißen Tees, die man ihm auch reichte. Er bemühte sich augenscheinlich, ruhig und unbekümmert zu erscheinen: er wandte den Kopf nach rechts und links, als beschäftige ihn der Anblick der stummen Menge, die ihn umringte. Bisweilen jedoch unterlag er in dem Kampfe gegen seine natürlichen Gefühle. Wie ein Schleier zog es dann über das dunkle Gesicht, der Blick wurde starr und ein Ausdruck unbeschreiblichen Entsetzens lagerte sich über die abgehagerten Züge. Aber diese Augenblicke der Schwäche waren selten und kurz. Man konnte sehen, wie der starke Wille wieder Herr des Fleisches wurde. Dann richtete sich Sedschi in die Höhe, warf den Kopf trotzig zurück, und sein herausfordernder Blick hatte einen furchtlosen, bösen Ausdruck. Seine Absicht, angesichts seiner Feinde ohne Schwäche zu sterben, war dann so deutlich in allen seinen Zügen zu lesen, daß es mir schien, als hörte ich ihn sich selbst Mut zurufen.

Meine Aufmerksamkeit wurde plötzlich von Schimidso abgelenkt. In der Ferne klang das wohlbekannte Rufen, womit die Bettos, die vor den Pferden der japanischen Offiziere laufen, die Ankunft ihrer Herren anzeigen und ihnen freien Weg bahnen. Es näherte sich, und bald konnte man die großen Laternen des Gouverneurs von Yokohama erkennen, die, von den Bettos getragen, über den Boden zu fliegen schienen.

»Der Gouverneur, der Gouverneur!« tönte es von allen Seiten. Ein Soldat legte die Hand auf Schimidsos Schulter: »Mache dich bereit,« sagte er. – Keine Muskel bewegte sich in des Verurteilten Angesicht: »Saïo« (in der Tat) war seine einzige Antwort. – Er stand ruhig auf und schaute spähend nach dem andern Ende des Richtplatzes, wo die Pferde des Gouverneurs und der Leibwache Halt gemacht hatten. Ein Unterbeamter kam daher gelaufen und sprach leise mit den wachthabenden Soldaten.

»Die Hinrichtung ist auf morgen verschoben,« hieß es plötzlich. »Sir Rutherford Alcock verlangt, daß das 20. Regiment derselben beiwohne.« Und so war es. – Als Schimidso diese Mitteilung gemacht wurde, schien er zusammenzuschrecken, und das bleiche Gesicht wurde noch bleicher. »Morgen, morgen,« (*mionitschi, mionitschi*) wiederholte er. Dann ließ er sich ruhig nach dem Tragstuhl führen, in dem er nach dem Gefängnis zurückgebracht werden sollte, und dort verlor ich ihn während der Nacht aus den Augen.

5.

Der nächste Tag war ein heller, kalter Wintertag. Ganz Yokohama hatte sich auf dem Richtplatz von Tobi versammelt. Diejenigen, welche Schimidso am vorhergehenden Tage gesehen und seine Ruhe bewundert hatten, wollten sich überzeugen, ob er die Kraft habe, seine Heldenrolle bis zu Ende durchzuführen; andere waren begierig, den Mann kennen zu lernen, der am vorhergehenden Abend der Gegenstand jeder Unterhaltung in der Kolonie gewesen war. Wenn Schimidso nur die Absicht gehabt hatte, den Fremden zu zeigen, daß ein japanischer Offizier dem Tode ruhig entgegengehen kann, so hatte er seinen Zweck erreicht. Er hatte jedermann, der ihn gesehen, Bewunderung abgezwungen.

Gegen acht Uhr morgens kam das 20. Regiment anmarschiert und nahm um den Richtplatz Aufstellung. Bald darauf erschien Schimidso Sedschi. Er sprang leichten Fußes aus der Sänfte, in der er aus dem Gefängnis getragen worden war, und den Kopf zurückwerfend, schöpfte er einige Male tief Atem; dann blickte er, wie in einem stillen Gebet versunken, mehrere Sekunden lang nach der Sonne, und darauf ging er schnellen, festen Schrittes dem Platze zu, wo ihn der Henker erwartete. Er war wie am vorhergehenden Tage mit Sorgfalt gekleidet.

Ein kaltes, schreckliches Lächeln, ein Lächeln des Hohns und der Verzweiflung kräuselte seine schmalen Lippen. Sein Gesicht war bleich mit der eigentümlich grünlichen Blässe seiner dunklen Rasse. Aber nicht eine Spur von Furcht oder Abgespanntheit war auf den scharfgezeichneten Zügen zu lesen.

An der Grube angelangt, vor der er knieen mußte und in die sein Kopf fallen sollte, wechselte er einige Worte mit dem alten Scharfrichter. Er schien sich zu unterrichten, wie die Handlung vor sich gehen werde, denn man sah ihn mit dem Finger nach der Grube und nach dem Erdhaufen zeigen, der vor derselben aufgeworfen war. Ein Henkersknecht näherte sich ihm, um ihm die Augen zu verbinden. Er sprach die Bitte aus, man möge ihm gestatten, mit offenen Augen den Tod zu empfangen.

Der anwesende Gouverneur von Yokohama hatte wohl vorausgesehen, daß dies Gesuch an ihn gestellt werden würde, und gewährte es ohne weiteres. Der hohe Beamte schien gewissermaßen stolz, den anwesenden Fremden ein Schauspiel japanischer Kraft und Todesverachtung zu zeigen. Er blickte wohlgefällig nach der Gruppe der kommandierenden Offiziere des 20. Regiments, als wolle er sagen: »Es ist möglich, daß Ihr im stande wäret, ebenso schön zu sterben wie Sedschi: aber es ist unmöglich, angesichts des Todes eine bessere Haltung zu bewahren als jener japanische Edelmann.«

Die letzten Vorbereitungen zur Hinrichtung gingen nun rasch von statten. Sedschi, nachdem er mit dem Fuße die Matte, auf der er knieen sollte, dicht an die Grube geschoben hatte, ließ sich langsam nieder. Zwei Henkersknechte standen ihm zur Seite, um den Sterbenden, wenn er irgend eine Schwäche zeigen sollte, zu unterstützen. Aber der starke Mann zitterte nicht. Sobald er die vorgeschriebene Stellung eingenommen hatte, machte er eine kurze starke Bewegung mit den Schultern, so daß das weite Gewand, das bis dahin den untern Teil seines Nackens noch bedeckt hatte, herabfiel, und Hals und Schultern sich nackt zeigten.

Der Scharfrichter zog ein langes, schweres Schwert aus der Scheide und hielt es prüfend vor das Auge, dann schürzte er die weiten Rockärmel auf, um die Arme frei bewegen zu können und hob mehrere Male beide Hände über sein Haupt, um sich zu überzeugen, daß ihn auch nichts verhindere, den verhängnisvollen Streich zuführen. Schimidso folgte jeder Bewegung des Scharfrichters mit Aufmerksamkeit. »Ist alles fertig?« fragte er; – und nachdem er eine bejahende Antwort erhalten, fügte er hinzu: »So gieße heißes Wasser über das Schwert, damit es gut schneide, und habe wohl acht, mich mit einem Hieb zu vollenden. Ich will jetzt mein Sterbelied singen, und wenn ich mich zu dir wende und sage ›gut‹ (*yio*), so will ich gleich darauf meinen Hals vorrecken und bewegungslos bleiben, so daß du ruhig zielen und schlagen kannst.« – Er verzerrte darauf sein Gesicht in erschrecklicher Weise, wie man dies auf japanischen Bildern sehen kann, die den Tod von Helden oder Halbgöttern darstellen, und sang mit lauter Stimme aus voller Brust, so daß es weit über den stillen Richtplatz klang: »Jetzt stirbt Schimidso Sedschi, der Heimatlose, er stirbt ohne Furcht und ohne Reue, denn einen Barbaren getötet zu haben, gereicht dem japanischen Patrioten zur Ehre.« Darauf wandte er sich mit noch immer verzerrtem Antlitz nach dem Scharfrichter, blickte ihn einige Sekunden starr an und rief mit klarer Stimme: » *yio*!« Und den Hals weit hervorstreckend, dem Raben gleich, der sich zum Fluge erhebt, die Zähne zusammengepreßt, empfing er regungslos den Todesstreich.

Das blutige Haupt wurde am Eingang von Yokohama zwei Tage lang neben einem Schilde ausgestellt, auf welchem Schimidsos Verbrechen und seine Verurteilung verzeichnet waren. Der Italiener Beato nahm von dem Kopfe eine Photographie, die ich noch besitze. – Der Tod hat die im Augenblick der Hinrichtung verzerrten Züge wieder beruhigt und veredelt, und ich erkenne in dem Bilde deutlich das grausame, furchtlose Gesicht des Mörders Schimidso Sedschi.

In den » *Illustrated London News*« von 1865 kann derjenige, der sich für Sedschi interessieren sollte, mehrere Zeichnungen von Charles Wirgman finden, welche die Ermordung Baldwins und Birds, den Ritt des Mörders durch Yokohama und seine Hinrichtung darstellen.

Der Helfershelfer des Hingerichteten, der angebliche Tzè-siro, wurde einige Monate später entdeckt und verhaftet. Die von Schimidso Sedschi über ihn gegebene Auskunft erwies sich als falsch. Sedschi war nicht zum Verräter an seinem Genossen geworden. Dieser nannte sich Mamiya Hadsime, war neunzehn Jahre alt und stammte aus der Provinz Satzuma. Er hatte ein freundliches, offenes Gesicht. Nichts in seinem Wesen und seinem Aussehen deutete darauf hin, daß er im stande gewesen war, einen grausamen Mord zu vollbringen. Seine Hinrichtung fand in dem Hofe des Gefängnisses von Tobi in Gegenwart einiger englischer Beamte und Offiziere statt. – Mamiya war ein Schwächling und zeigte dem Tode gegenüber nicht die Ruhe und Kraft, die Sedschi ausgezeichnet hatten. Die Richter hatten seine Feigheit erkannt, und sein Wärter hatte ihm, wenige Stunden vor der Hinrichtung, ein stark berauschendes Getränk eingegeben. Der Unglückliche taumelte, vollständig trunken, zum Richtplatze. Zwei Henkersknechte, mit denen er sich in lallender Sprache zu unterhalten versuchte, schleppten ihn mehr, als sie ihn führten. Als er sich der Grube näherte, vor der der Scharfrichter seiner wartete, fing er an, ängstlich zu wimmern. Ein kläglicher Ausdruck blöder, halbbewußter Furcht malte sich auf seinem Gesichte. Er machte einen ohnmächtigen Versuch, sich von den Knechten loszureißen – aber diese zogen ihn ungestüm vorwärts und warfen ihn zu Boden, und einem hilflosen Tiere gleich, das man zur Schlachtbank geschleppt hat, fiel er unter dem Schwerte des Henkers.

Ein ganzes Leben

In einem kleinen, niedrigen Zimmer saß ein junger Mann und schaute traurig und nachdenklich vor sich hin. Er hatte triftigen Grund dazu, denn er war von einem großen Unglück betroffen worden, und Geldsorgen, die er früher nicht gekannt hatte, lasteten schwer auf ihm. – Bis zu seinem siebenundzwanzigsten Jahre hatte er unter der Obhut seines Vaters, eines hohen Staatsbeamten, ein ruhiges, angenehmes Leben geführt; aber da war dieser nach kurzer Krankheit unerwartet gestorben, und bei der Regelung seines Nachlasses hatte sich herausgestellt, daß er seinem Sohne, außer einem ehrlichen Namen und einer guten Erziehung, nur sehr wenig, beinahe nichts hinterlassen hatte.

Heinrich Ambach hatte Philologie studiert, sein Ehrgeiz war gewesen, dereinst einmal Professor an einer großen Universität zu werden, und nach diesem Ziele strebend, hatte er sich, mit Eifer und Liebe zur Sache, ernsten, aber für absehbare Zeit noch brotlosen Arbeiten hingegeben. – Er war von Natur anspruchslos und bescheiden, und die schwierige Kunst, sich auf das äußerste einzuschränken, lernte er, da er auch besonnen und ehrenhaft war, verhältnismäßig schnell und leicht; aber bei aller Sparsamkeit, der er sich befleißigte, gingen seine geringen Geldmittel nach kurzer Zeit schon auf die Neige, und er sah, daß der Tag nicht mehr fern war, wo er gänzlich verarmt dastehen würde. Er konnte noch einige Möbel, Bilder und Bücher verkaufen, die er aus dem Nachlaß seines Vaters als kostbare Erinnerungen an den geliebten Toten zu bewahren gewünscht hätte, aber auch der Erlös aus einem solchen Verkaufe würde ihm nur kurze neue Frist gewährt haben. – Er mußte Geld verdienen, um weiter leben zu können; aber wie er das anfangen sollte, war ihm, vorläufig noch, gänzlich unklar. – Natürlich hatte er sich bereits vielfach nach Beschäftigung umgesehen, und unter den Freunden und Bekannten seines Vaters hatten ihm mehrere versprochen, sich in dieser Beziehung für ihn zu bemühen. Das hatte jedoch bis jetzt, wenn es überhaupt geschehen war, noch keinen Erfolg gehabt, – und die weit leichtere Kunst, als sich einschränken, die Kunst, Mitleiden zu erregen, Geld durch Güte anderer zu erlangen, sich Geld zu borgen – die hatte Heinrich Ambach nicht gelernt, und er dachte gar nicht daran, sie lernen zu wollen.

Aber noch ehe die Not am höchsten war, kam Hilfe. Heinrich Ambach hatte sich auf der Universität mit Samuel Gower, einem vornehmen und reichen Engländer, befreundet, der Deutschland vor etwa fünf Jahren verlassen hatte und seitdem, wenn auch in entfernter, so doch in regelmäßiger brieflicher Verbindung mit Ambach geblieben war. Dieser hatte ihm den Tod seines Vaters angezeigt, ohne jedoch der Trauerbotschaft irgend etwas über die große Veränderung in seinen Verhältnissen hinzuzufügen, und Gower hatte darauf sogleich mit einem herzlichen Beileidschreiben geantwortet. Drei Monate später schrieb er nun von neuem an Ambach, um zu fragen, ob er geneigt sei, Lord Fairbrook während einer längeren Reise zu begleiten, die dieser auf Wunsch seiner Mutter, der Lady Augusta, unternehmen sollte. Gower schilderte Arthur Fairbrook als einen gut gearteten, liebenswürdigen Jüngling, er war der Ansicht, daß die Reise, abgesehen von der damit verbundenen dankbaren Aufgabe, die Augen und das Herz eines unverdorbenen, für das Erhabene empfänglichen jungen Menschen dem Schönen und Großen in der Natur und Kunst zu öffnen, für Ambach viel Angenehmes und Nützliches mit sich bringen werde, und er empfahl diesem dringend an, das ihm gemachte Anerbieten nicht auszuschlagen. – Ambach nahm es mit ruhigem Danke an und erhielt darauf mit umgehender Post einen zweiten Brief von Gower, der den geschäftlichen Teil der Beziehungen, in die Ambach zu der reichen und vornehmen Familie Fairbrook treten sollte, in einer Weise löste, die alle Erwartungen Ambachs noch übertraf. – Darauf bereitete dieser das Nötige zu seiner Abreise nach England vor, gab seine Möbel, Bilder und Bücher in sicheren Verwahrsam, packte seine Garderobe und was er sonst noch zur Reise mitnehmen wollte, in zwei gute, lederne Koffer, nahm von seinen Freunden und Bekannten Abschied und verließ Berlin. – Er begab sich aber nicht gerades Weges nach England. Er wollte Deutschland nicht den Rücken kehren, ohne seine Vaterstadt Magdeburg vorher noch einmal wiedergesehen zu haben. Er langte dort an einem schönen Septembermorgen an und stieg in einem, in der Nahe des Sudenburger Tores gelegenen alten Gasthof ab, »Grimmas Hôtel« genannt.

Die Straßen Magdeburgs, obgleich er sie seit mehreren Jahren nicht wiedergesehen hatte, waren ihm so heimisch, als hätte er sie gestern verlassen, und er begrüßte sie wie alte liebe Freunde. – Vor einigen Häusern blieb er stehen: Was mag aus Franz geworden sein, der hier wohnte ... und was aus Adolf, den ich jeden Morgen abholte, um mit ihm zusammen den Weg bis zur Schule zu machen? – Er wäre gern in die Häuser getreten, um sich nach seinen Jugendfreunden zu erkundigen – aber er wagte es nicht. – Sie wohnen sicherlich nicht mehr hier. Vielleicht sind sie schon tot. – Der Besuch auf dem Kirchhof, wo er neben dem Grabe seiner vor zehn Jahren verstorbenen Mutter Steine gesehen hatte, auf denen Namen gestanden, die ihm wohlbekannt waren, hatte ihn zu tiefer Wehmut gestimmt und seine Gedanken auf den Tod gelenkt.

Im Laufe des Nachmittags begab er sich nach der Schule, die er als Knabe besucht hatte. Der Pförtner, bei dem er sich nach den Lehrern erkundigte, konnte ihm noch einige nennen, deren Schüler er gewesen war. Er suchte einen von ihnen auf, der ihm besonders lieb gewesen war, und fand einen Mann mit mildem, ruhigem Antlitz, den er sofort wieder erkannte. Der Lehrer sah ihn lächelnd an, als er sich als ein ehemaliger Schüler meldete, aber er erinnerte sich seiner erst, nachdem Ambach ihm einige Einzelheiten ins Gedächtnis zurückgerufen hatte, die auf ihren früheren Umgang Bezug hatten. – Dann schüttelte ihm der Lehrer herzlich die Hand, und innige Freude verbreitete sich über sein stilles Gesicht: »Es ist hübsch von Ihnen, daß Sie Ihren alten Lehrer nicht vergessen haben,« sagte er. »Ich habe nur selten Beweise treuer Anhänglichkeit meiner Schüler, obgleich ich viele von ihnen lieb gehabt habe. – Die Jugend ist nicht dankbar, oder – ich will nicht hart sein, sie gibt sich nicht oft Mühe, zu zeigen, daß sie es ist.«

Darauf erkundigte er sich mit großer Teilnahme nach Ambachs Schicksalen, und als dieser ihm erzählte, er stehe am Vorabend einer großen Reise und werde ferne, schöne Länder kennen lernen, da sagte der Lehrer: »Sie Glücklicher! Mir ist es nicht vergönnt gewesen, Italien und Griechenland zu sehen,– und wie habe ich mich Jahre lang darnach gesehnt! Aber es gibt auch bei uns viel des Bewundernswerten, und die unerreichbaren Kunstwerke, die unter einem schöneren Himmel geschaffen worden sind, können uns auch hier in gelungenen Wiedergaben erfreuen. – Ich beneide Sie nicht, aber ich sage: Sie Glücklicher! – ›Himmel allein, nicht Seele verändert, wer übers Meer zieht!‹ sagt Horaz. Aber er hat darin unrecht wie in so manchem anderen: Schönes macht den Klugen weiser, den Guten besser.«

Als es dunkel geworden war, ging Ambach auf den »Fürstenwall« und setzte sich dort auf eine Bank nieder. Er fühlte sich abgespannt. Der Besuch des Kirchhofs, das Laufen durch die Straßen, der Anblick seiner alten Schule und seines alten Lehrers, die stets wechselnden Erinnerungen, die während des ganzen Tages in ihm aufgetaucht, so daß sein Gehirn und sein Herz nicht einen Augenblick zur Ruhe gekommen waren, – alles das hatte ihn müde gemacht. Es war noch früh, aber fast wäre er eingeschlafen. Da erweckten ihn die Glocken des Magdeburger Doms. – Es gibt größere Glocken in der Welt, weit berühmtere – aber es gibt keine Glocken, die einen schöneren Klang haben als die des alten Doms. Die tiefen, reinen, wunderbaren Töne drangen in Ambachs Seele, die gerade an jenem Tage so empfindlich und erregbar war, und er fühlte sich davon tief ergriffen. Es war, als ob die vollen, ernsten Stimmen, die er so oft gehört, seine ganze Jugend und alles, was darin schön und traurig war, in ihm wachriefen.

Als die Glocken verstummt waren, erhob er sich, und in feierlicher Stimmung, als trete er aus der Kirche, wanderte er noch lange

Zeit auf dem einsamen Fürstenwalle auf und ab, bis körperliche Müdigkeit ihn übermannte und ihn nach dem Gasthof trieb, in dem er abgestiegen war.

Am nächsten Morgen, als er noch im Halbschlaf lag, weckten ihn die Domglocken, und gleich darauf erscholl Militärmusik. Eines der Regimenter, die in Magdeburg stehen, zog mit klingendem Spiel durch das Sudenburger Tor. Er kannte den Marsch, der gespielt wurde, einen alten Maisch, bei dessen Klängen preußische Soldaten unter Friedrich dem Großen todesmutig in den Kampf gezogen waren. Ein schöner Marsch! Und die Glocken bildeten dazu eine feierliche Begleitung. Ambach schlug das Herz! Auch er zog jetzt in den Kampf - nicht um die Welt zu erobern - das war nicht seine Art - doch unverzagt. Er kleidete sich langsam an. Das Zimmer, in dem er sich befand, gefiel ihm. Es war kein modernes Gasthauszimmer. Alte Möbel, alte Kupferstiche zierten es. Er besah sich alles genau: das große Himmelbett, die altmodische Kommode, den schönen schweren Schrank, die Bilder. - Eins von diesen stellte den »alten Dessauer« dar, wie er, entblößten Hauptes, den Feldherrnstab in der Hand, heroischer[15] Gebärde, den Einzug seiner Truppen in Turin nach der Erstürmung der Stadt überwacht.

Ambach nahm das Bild ab und trat damit ans Fenster, um es genauer zu betrachten und den Namen des Kupferstechers zu lesen, denn der Stich erschien ihm von großer Schönheit. Dabei erblickte er auf der grauen Rückseite des Bildes eine Inschrift: »Johannes Zuckschwerdt stiftete dieses Bild seinem Freunde und Landsmann Eberhard Grimma, zur Erinnerung an gemeinsam verlebte schwere Kriegsjahre und endlichen Sieg. - Magdeburg am 15. März 1816.« Dicker Staub lag über diesen Zeilen. Das Bild war wohl seit vielen Jahren nicht von der Wand genommen worden. Ambach erinnerte sich, den alten Grimma, einen tapferen Kämpfer aus den Freiheitskriegen, den Vater des jetzigen Besitzers des Grimma'schen Hofes, gekannt zu haben. - Der war wohl seitdem gestorben.

Die Erinnerungen aus der Schulzeit waren bei Ambach noch frisch. - »Ich will mich auch verewigen,« sagte er. - »Verewigen« nannte man auf der Schule in Magdeburg, seinen Namen an einem

---

[15] heldenhafter

verborgenen Orte einschneiden oder niederschreiben. – Und in eine der Ecken des Bildes schrieb Ambach mit zierlicher, deutlicher Handschrift: »Vor dem Kampfe. Heinrich Ambach aus Magdeburg am 15. 9. 1845.« –

Einige Tage später befand sich Ambach in einem alten, im Norden Englands gelegenen Schloß, dem Stammsitz der Familie Fairbrook. Der gediegene, große Reichtum, der ihn umgab, war nicht aufdringlicher in seiner schweren Pracht als die Herrlichkeit der hundertjährigen Baumriesen des großen Parkes und die Schönheit der von Epheu umrankten mittelalterlichen Mauern des ehrwürdigen Schlosses; doch lastete er zuerst auf ihm und benahm ihn seiner Unbefangenheit. Es nützte ihm in dem Augenblick nichts, aus den alten Philosophen gelernt zu haben, daß der Tugendhafte den Reichtum verachten darf. Es war eine Tatsache, daß dieser Reichtum, der ihm überall unverkennbar entgegentrat: in den alten Möbeln, dem schweren Silbergeschirr, den kostbaren Gemälden, der großen Bibliothek, den edlen Pferden, ja in den Livreen[16] der feierlichen Diener – einen starken Eindruck auf ihn machte. Und es dauerte mehrere Tage, ehe sich dies verlor und Ambach sich in eine behaglichere Stimmung versetzt fand. Nach und nach siegte jedoch die herzliche Liebenswürdigkeit seiner Wirte über seine befangene Zurückhaltung. – Arthur Fairbrook hatte sich ihm sogleich wie einem älteren Verwandten angeschlossen. Es wäre Ambach schwer gewesen, der treuherzigen Freundlichkeit des jungen Mannes lange zu widerstehen. – Die Mutter, Lady Augusta, der Ambach von Sam Gower als ein durchaus ehrenwerter, zuverlässiger Mann geschildert worden war, näherte sich dem neuen Mitglied der Familie – denn als ein solches wurde Ambach vom ersten Tage ab behandelt – mit ihren mütterlichen Sorgen um den geliebten einzigen Sohn, den sie dem Fremden anvertrauen wollte; und diese Sorgen ließen sie Ambach mit einem Vertrauen behandeln, durch das sich der junge Gelehrte mit Recht geehrt fühlte. – Lady Ellen endlich, die achtzehnjährige Schwester Lord Fairbrooks, war durch die Befangenheit Ambachs zunächst etwas verlegen in seiner Gesellschaft gewesen; aber in dem Maße, wie er sich ihrer Mutter und ihrem Bruder näherte, war auch ihre Scheu vor dem Fremden gewichen, und seit-

---

[16] Dienerkleidungen

dem erblickte ihr junges Gemüt einen Freund des Hauses in ihm; sein Herz aber empfand ein jedes ihrer harmlosen Worte, einen jeden ihrer reinen Blicke gleich einer Liebkosung. Sie erschien ihm in ihrer jungfräulichen Schönheit wie eine Märchen-Prinzessin, und wie an eine solche dachte er an sie und betete sie in der geheimsten Tiefe seines Herzens an.

Ein Monat ging dahin. Ambach lebte während der Zeit wie in einem schönen Traume. Dann kam der Vorabend der Abreise und mit ihm nüchternes Erwachen. Ambach wanderte einsam im Parke umher, die Stellen suchend, wo er mit Ellen zusammengewesen, und es war ihm, als zöge er durch die verödeten Straßen einer Stadt, in der, was er so still und innig geliebt hatte, gestorben wäre.

Da stand Ellen plötzlich vor ihm, schön und unbefangen wie immer, aber ernst bis zur Traurigkeit, wie er sie zuvor nie gesehen hatte. – Ihm klopfte das Herz zum Zerspringen.

»Ich habe Sie gesucht,« sagte sie. – Wie sanft ihre Stimme war! »Ich wollte Sie noch um eine Gefälligkeit bitten.«

Er konnte sie nur fragend und dankbar anblicken.

»Mama hat mir gesagt,« fuhr sie fort, »daß Sie ihr während der ganzen Reise regelmäßig schreiben wollen, und da ich die Briefe zu lesen bekomme, so werde ich ja immer wissen, was Sie beide gesehen und erlebt haben und wie es Ihnen geht. Aber« – eine kurze, kaum bemerkbare Pause – »wenn es Ihnen nicht zu viel Mühe verursacht, so möchte ich sie bitten, Ihren Briefen an meine Mutter von Zeit zu Zeit einige Zeilen für mich beizulegen. Es würde mir Freude machen, Briefe aus den fremden Ländern zu erhalten, die Sie besuchen werden. Arthur hat versprochen, mir zu schreiben, und wird es sicherlich auch tun; aber ich kenne seine Briefe. Sie sind nie länger als eine kleine Seite lang. – Ich möchte gern mehr erfahren, als er mir sagen wird. – Wollen Sie mir schreiben?«

»Das will ich mit Freuden tun.« Mehr konnte Ambach nicht über die Lippen bringen, obgleich sein Herz so voll war.

»Ich danke Ihnen,« sagte Ellen. Und darauf wandten sich beide dem Schloß wieder zu, das sie erreichten, ohne noch ein Wort gewechselt zu haben. – Vor der Freitreppe, die vom Park in das Schloß führte, blieb Ellen einen Augenblick stehen, und ohne Ambach anzublicken, reichte sie ihm die Hand und wiederholte, als hätte er soeben gesprochen: »Ich danke Ihnen.« –

Am nächsten Abend saßen Mutter und Tochter allein in Lady Augustas Zimmer. Das große Schloß erschien ihnen vereinsamt, seitdem Arthur und Heinrich Ambach es verlassen hatten. Die Mutter dachte an ihren Sohn, ihren Liebling, den sie so lange nicht wiedersehen würde, und ihre Augen schimmerten in feuchtem Glanze, und Ellen, die trockenen Blickes in das flackernde Kaminfeuer starrte, an den Fremden, der mit ihm gezogen war, und der, ohne daß sie es wußte, ihr Herz mit sich genommen hatte. –

Zwei Jahre waren dahingegangen. Heinrich hatte während der Zeit viel Schönes gesehen und sich daran erfreut - auch schöne Mädchen und Frauen; aber an diesen war er kalten Blickes vorübergegangen, denn wie ein Heiligenbild in verborgenem Schreine, so wohnte in dem Innersten seines Herzens ein unerreichbares Ideal des weiblich Schönen und Edlen, das Ellen Fairbrooks unvergeßliche Züge trug und das seine Seele in stummer Verzückung anbetete. - Er hatte ihr in langen Zwischenräumen, doch so regelmäßig geschrieben, daß seine Briefe als eine Art Tagebuch gelten konnten. Von sich selbst hatte er darin nur wenig gesprochen und sich jeder, auch der entferntesten Anspielung auf seine Gefühle für Ellen sorgfältig enthalten. Er liebte sie von ganzem Herzen, liebte nur sie allein, doch war seine Liebe anspruchslos, weil er sie für hoffnungslos hielt. Sein strenges Pflichtgefühl, Stolz und Scham verboten ihm, seine Gefühle zur Schau zu tragen. Niemand sollte sie ahnen, und niemand ahnte sie - auch Ellen nicht. - Sie hatte ihm verschiedene Male geschrieben, um ihm für seine ausführlichen Mitteilungen zu danken. Ihre kurzen Briefe waren harmlos und erschienen vollständig unbefangen. - Daß sie der Schreiberin große Mühe gekostet hatten, daß jedes Wort darin ängstlich erwogen war, das erkannte Heinrich ebenso wenig wie Ellen Heinrichs Liebe. Ihre Briefe waren herzlich und freundschaftlich. Sie redete darin Heinrich als »Lieber Herr Ambach« an und sie unterzeichnete »aufrichtig die Ihrige« - »*Yours sincerely*«.

Ambach wußte sehr wohl, daß diese Formel in dem Briefe der jungen Engländerin nicht mehr bedeutete als der »gehorsamste Diener« in der Bittschrift eines Beamten an einen hochgestellten Vorgesetzten; doch konnte sein Blick minutenlang auf dem »*Yours sincerely*« ruhen, und er bewahrte Ellens Briefe, die anscheinend so wenig sagten, gleich kostbaren Kleinodien. - Hatte jener Briefwechel nicht bestanden, so wäre Ellens Bildnis wahrscheinlich mit der Zeit erblaßt; aber eine jede Zeile von ihr weckte das Andenken an sie, und die Erinnerung verschönerte und veredelte ihr Bild noch.

Lord Fairbrook hatte sich während der zwei Jahre, die er ohne Unterbrechung in Gesellschaft seines jungen Mentors[17] verbracht

[17] Erziehers

hatte, in herzlicher, freundschaftlicher Liebe und Verehrung an ihn angeschlossen. Ambach erschien ihm wie ein unerschöpflicher Born alles Wissens, alles edlen und klugen Könnens, und er bewunderte seine körperliche Gewandtheit und Kraft, seine Ausdauer und seine beruhigende Ruhe, ja auch seine hohe Gestalt und seine ernste männliche Schönheit.

In Berlin, wohin die beiden Reisenden von den nordischen Königreichen gelangt waren, denen ihr letzter Besuch vor der Rückkehr Arthurs nach England gegolten hatte, fand Ambach unter anderen zwei Briefe vor: einen von Lady Augusta und den andern von Ellen. Lady Augusta sprach in warmen Worten ihren mütterlichen Dank aus für die Art, in der er die schwierige Aufgabe, Arthurs Freund und Lehrer zu sein, gelöst hätte. Sie bat Ambach, Schloß Fairbrook in Zukunft als eine zweite Heimat zu betrachten, in der er stets willkommen sein würde, und sie fügte hinzu, sie würde sich sehr freuen, ihn dort gleichzeitig mit ihrem Sohn, unmittelbar nach der Rückkehr von der großen Reise, begrüßen zu können; sie wolle jedoch nicht unberücksichtigt lassen, daß Ambach möglicherweise den Wunsch hege, nach langer Abwesenheit eigenen persönlichen Angelegenheiten in Deutschland nachzugehen, und das wolle sie ihm durch eine Bitte, sie jetzt zu besuchen, nicht erschweren. Sie lasse ihm also frei, ihren Sohn gleich nach Fairbrook zu begleiten, worüber sie sich sehr freuen, oder seinen lieben Besuch bis nach Erledigung seiner eigenen Geschäfte zu verschieben, was sie erklärlich und in der Ordnung finden würde.

Ellens Brief hatte folgenden Wortlaut:

»Lieber Herr Ambach!

»Ich habe meiner Mutter Brief an Sie gelesen und möchte mich ihm anschließen, um Ihnen für alles Gute zu danken, das Sie Arthur erwiesen haben. Er hat in Ihnen den besten Freund gefunden, und Sie können seiner dankbaren Anhänglichkeit fürs Leben versichert sein, denn er ist gut und treu. – Ich hoffe, daß Ihre Freundschaft für ihn sich auf seine Mutter und seine Schwester ausdehnen wird, die Ihnen gleich ihm dankbar sind. Aber nicht nur für das, was Sie Arthur Gutes erwiesen haben, fühle ich mich Ihre Schuldnerin. Ein jeder Ihrer Briefe hat mir Freude gemacht, die ich Ihnen vergelten möchte; aber ich fühle mich arm und ohnmächtig, denn ich kann nichts tun, als Ihnen dafür Dank sagen. Mein Wunsch ist, solcher Dank möchte Ihnen ähnliche Freude machen, wie Ihre Briefe mir bereitet haben; doch ich fühle wohl, daß ich wenig gebe für das Viele, das ich von Ihnen empfangen habe.

»Meine Mutter rechnet darauf, daß Sie uns bald und auf recht lange Zeit besuchen werden. Sie dürfen es nicht als höfliche Worte von ihr betrachten, wenn sie Ihnen schreibt, Sie möchten Fairbrook in Zukunft als eine zweite Heimat betrachten. Ich bürge Ihnen dafür, daß ihr die Worte von Herzen kommen, und ich wiederhole sie in meinem und sicherlich auch in Arthurs Namen mit denselben Gefühlen, die sie ihr eingegeben haben. Deshalb sage ich Ihnen also heute: auf baldiges Wiedersehen!

Dankbar und aufrichtig die Ihrige Ellen Fairbrook.«

»Dankbar und aufrichtig die Ihrige« – »*Thankfully and sincerely yours.*« – Ambach las die Worte immer und immer wieder – aber sie füllten sein Herz nur mit hoffnungslosem Sehnen. Sein Verstand war so klar, wie sein Herz ehrlich, und die Stimme seines Herzens, so stürmisch sie auch erklang, konnte die Sprache der Vernunft bei ihm nicht übertönen. – Er sagte sich, daß, wenn er nach Fairbrook zurückkehren, wenn er Ellen wiedersehen sollte, so würde er dem Liebreiz des jungen, schönen, edlen Mädchens nicht widerstehen können, – würde sich einfach in sie verlieben. – Und was dann? – Sollte er den Versuch machen, ihr Herz zu gewinnen? – Gelänge es, so konnten Lady Augusta, Arthur und Sam Gower, die drei Personen, an deren Achtung und Freundschaft ihm so viel gelegen war, ihn als einen Eindringling betrachten, der das große Vertrauen, mit dem sie ihn aufgenommen und behandelt hatten, gemißbraucht hatte, um das unbewachte Herz eines unerfahrenen Mädchens zu betören. – Sie würden ihn verachten! Ihm schauderte bei dem Gedanken. Nichts – auch nicht Liebesglück – hatte die Kränkung mildern, erträglich machen können, die die Verachtung edler Menschen ihm zugefügt haben würde.

Aber noch schrecklicher als der Verlust seiner Würde in den Augen Lady Augustas, Arthurs und Gowers wäre der Verlust der Freundschaft Ellens. – Wie, wenn sie sich erstaunt und entrüstet von seinem Liebeswerben abgewandt hätte? – Das wäre unerträglich gewesen! – Der Weg nach Fairbrook konnte zu nichts Gutem führen. Am Ende desselben lag schreckliches, übermenschlich schweres Entsagen, oder die Verachtung der nächsten Verwandten der Geliebten, wenn nicht Verachtung der Geliebten selbst. – »Führe uns nicht in Versuchung!« sagte er leise vor sich hin; »was recht und gut ist, ist nie allzu schwer.« – Es wurde ihm sehr schwer, recht zu tun und gut zu bleiben – aber er blieb fest.

Mit großer Sorgfalt, jedes Wort wägend, schrieb er an Lady Augusta und an Ellen. Aber die wohlerwogenen Briefe waren beide ganz kurz. Er mußte schreiben, so hatte er sich klar gemacht, als stände Ellen seinem Herzen nicht näher als Lady Augusta, Arthur und Gower. Seine Briefe, wennschon sie jedem andern als ihm selbst, und besonders auch Ellen herzlich und warm erscheinen sollten, waren wie von »freundschaftlicher Kühle« durchweht. – Er dankte für die Einladung nach Fairbrook, wie nach Hause zu kommen, sie rühre ihn tief, schrieb er, aber er mache von Lady Augustas Erlaubnis Gebrauch, zunächst seine eigenen Angelegenheiten in Deutschland abzuwickeln. Später hoffe er, die Freude zuhaben, diejenigen wiederzusehen, die seinem Herzen so nahe getreten seien, in denen er Freunde für sein ganzes Leben erblicken dürfe. – Dann nahm er herzlichen Abschied von Arthur, den es drängte, seine Mutter, seine Schwester und England wiederzusehen – und dann war er allein, allein mit seinen Gedanken an Ellen, mit seiner Liebe, die er niemals gestehen, niemals jemandem anvertrauen würde, unbeschreiblich traurig und hoffnungslos, aber stark und mutig in dem Gefühle, seine Pflicht getan zu haben. – »*Nil mortalibus arduum est!*[18] – Ich werde das Schwere ertragen.«

Heinrich Ambach war, bald nachdem er sich von Arthur Fairbrook getrennt hatte, nach einer kleinen Universitätsstadt gezogen und von dort, nachdem seine segensreiche Tätigkeit als Lehrer in weitere Kreise gedrungen und er sich durch die Veröffentlichung seines ersten gelehrten Werkes einen von allen Fachmännern mit Achtung genannten Namen erworben hatte, an eine alte Universität Süddeutschlands berufen worden. Dort waltete er nun seit vielen Jahren seines Amtes als ordentlicher öffentlicher Professor und lag ernsten Studien ob, deren Ergebnis in langsam, aber stetig erscheinenden Arbeiten zu Tage trat, die von unermüdlichem Fleiß, schar-

[18] Nichts ist den Sterblichen schwer

fem und gesundem Geiste und rastloser Tätigkeit zeugten. Die Belohnung dafür blieb nicht aus: er wurde mit Ehrenbezeugungen, wie sie seinem Amte entsprachen, überhäuft, und er hatte somit im vollstem Maße das Ziel seines Lebens, das er sich als Jüngling bereits vorgesetzt, erreicht. – Er war unverheiratet geblieben und führte in einem stillen, alten, im einsamsten Teile der Stadt gelegenen Hause, das Leben des deutschen Denkers und Forschers, dem Arbeit die größte Freude, wissenschaftliche Erfolge die einzige Belohnung sind, die er seines Strebens für würdig erachtet und die er wahrhaft schätzt. Seine zahlreichen Schüler, die aus allen Teilen Deutschlands herbeieilten, um ihn zu hören, verehrten ihn wie keinen andern ihrer Lehrer, und auch seine Kollegen waren ihm ehrerbietig und neidlos zugetan. Er war nämlich ein milder bescheidener Mann, dem man nicht übelwollen konnte, von Ehrfurcht gebietendem Äußern; auch Fremde, denen er von einem Einheimischen mit Stolz genannt wurde, zogen den Hut vor ihm, wenn er ernst und stattlich, mit einem von Reinheit und Güte wie verklärten Antlitz, still an ihnen vorüberschritt.

Ambachs Beziehungen zu den Bewohnern von Fairbrook waren nicht ganz abgebrochen worden: er erinnerte sich ihrer als der teuersten Freunde, die er im Leben besessen hatte, und sie ihrerseits hatten ihn nicht vergessen und bedauerten, ihn nie wiedergesehen zu haben; – aber der Briefwechsel zwischen den beiden war mit der Zeit ein träger geworden und nun, seit vielen Jahren schon, eingeschlafen. Lady Augusta und Lord Fairbrook hatten ihm zuerst häufig geschrieben und ihre Einladung, er möchte sie besuchen, dringend wiederholt; aber als niemals die erwünschte Antwort auf diese Briefe kam, sondern immer nur Entschuldigungen, der Einladung nicht folgen zu können, und unsichere Versprechen zukünftigen Besuches, da hatten sie angenommen, sie hätten seine Freundschaft wohl überschätzt, oder er habe irgend einen ihnen unbekannten Grund, nicht nach England kommen zu wollen, und hatten aufgehört, ihm ohne besondere Veranlassung zu schreiben. Aber sie erfreuten sich seiner großen wissenschaftlichen Erfolge, sie waren stolz darauf, daß er einer der ihrigen gewesen war, und gedachten seiner in warmer freundschaftlicher Teilnahme, wie eines, der auf kurze Zeit als etwas Freudiges und Erhebendes in ihrem Leben erschienen und dann wieder daraus verschwunden war.

Fünf Jahre, nachdem sich die Trennung zwischen Ambach und den Bewohnern von Fairbrook vollzogen hatte, zeigte Lord Fairbrook seinen ehemaligen Genossen seine Vermählung an und bald darauf auch die seiner Schwester Ellen mit Lord Robert Bradford, dem zweiten Sohne des Herzogs von Campton. – Ambach wurde durch diese Nachricht tiefbewegt, aber sie brachte ihm keinen neuen Schmerz. Lady Ellen war nun in den Kreis eingetreten, in den sie gehörte: Herzöge und Fürstinnen waren ihre Vettern und Basen; als Frau eines deutschen Professors wäre sie nicht an dem Platze gewesen, den ihre Geburt ihr anwies. – Wie ein schöner Stern, durch unerreichbare Fernen von ihm getrennt, war sie am Himmel seines Lebens aufgestiegen, sein Herz und sein Auge hatten sich an dem wunderbaren Glanze gelabt – nun war der Stern wieder erloschen. Aber seine Trauer darüber war eine stolze. Niemand – das wußte er – konnte die Art seines Schmerzes ahnen, und dieser Gedanke erfüllte ihn mit der Befriedigung, die die Erfüllung einer schweren Pflicht gibt. – Von Ellen erhielt er kein Lebenszeichen wieder. Er war wohl für sie gestorben, wenn er jemals für sie gelebt hatte, sowie sie für ihn.

Weitere zwanzig Jahre später, zur Zeit da sein Ruhm als Gelehrter bereits in der ganzen wissenschaftlichen Welt verbreitet war, wurde ihm die Anzeige von dem Ableben Lady Augustas, der ihre Tochter, Lady Bradford, im kaum vollendeten dreiundvierzigsten Lebensjahre, nach wenigen Tagen ins Grab gefolgt war. Beide waren in Fairbrook, wo Lady Augusta gewohnt und wohin Lady Bradford sich zur Pflege ihrer erkrankten Mutter begeben hatte, an einem bösartigen Fieber gestorben. – Der Tod der beiden Frauen war für Ambach kein neuer Verlust: für ihn waren sie seit vielen Jahren unwiederbringlich verloren gewesen. Doch erfüllte ihn die Nachricht von ihrem Ableben mit tiefer Wehmut. – Er würde sie also nie, niemals wiedersehen, die er am meisten, ja die er allein geliebt, die sein Leben so gestaltet hatte, wie es geworden war: zu einem erfolgreichen und einem freudelosen, weil einem hoffnungslosen. Es hatte ihn vielleicht geistig größer gemacht, daß die Erinnerung an Ellen die gewöhnlichen kleinen Sorgen und Wünsche des Lebens von ihm fern gehalten hatte; aber es würde für sein Glück wohl besser gewesen sein, er hätte sie nie gekannt: denn der Vergleich, den er unwillkürlich bei jeder Gelegenheit zwischen ihr und anderen weiblichen

Wesen angestellt, war es gewesen, der ihn während seiner Jugend an andern Frauen wunschlos hatte vorübergehen lassen. – Nun war er ein alter Mann, und die Saiten seines Herzens, die früher unter Fraueneinfluß hätten erzittern können, waren vertrocknet und erstarrt. – Bis tief in die stille Nacht hinein saß er an jenem Abend in seinem einsamen Arbeitszimmer, ohne die Bücher zu öffnen, die seit Jahren seine Beschäftigung und zugleich seine Erholung waren.

Am nächsten Tage schrieb er einen herzlichen Beileidsbrief an Arthur Fairbrook, und mit umgehender Post erhielt er eine kurze Antwort von diesem, die mit den Worten schloß: »Es würde mich freuen, wenn Sie mich besuchen wollten. Meine Frau ist, wie Sie wissen, vor drei Jahren gestorben, und nachdem jetzt auch meine Mutter und meine Schwester von mir gegangen sind, lebt, außer meinen Kindern, niemand, den ich in meiner Trauer lieber in meiner Nähe sähe, als Sie.«

Die Ferien standen vor der Tür, und sobald sie begonnen hatten, reiste Ambach nach England ab.

Fünfundzwanzig Jahre waren verflossen, seitdem er seinen ehemaligen Zögling nicht wiedergesehen hatte, aber dieser begrüßte ihn mit der ruhigen Freundlichkeit, als wären ihre Beziehungen nie unterbrochen worden, wennschon mit dem tiefen Ernste, der eine natürliche Folge der traurigen Veranlassung war, die Ambach nach England geführt hatte.

In Fairbrook war wenig verändert. An den hundertjährigen Mauern des Schlosses und den alten Bäumen des Parkes war das Vierteljahrhundert ohne erkennbare Spuren vorübergezogen. – Wie tief der Eindruck gewesen sein mußte, den der einstige, verhältnismäßig kurze Aufenthalt in Fairbrook auf Ambach gemacht hatte, das zeigte sich auch daran, daß er jetzt, nach so langen Jahren, vieles im Schloß und im Park wiedererkannte, was er als junger Mann dort gesehen hatte.

Ambach blieb vier Wochen bei seinem wiedergefundenen alten Freunde, und bei der Gelegenheit lernte er auch Johanna Bradford, Ellens älteste Tochter kennen, die nach dem Tode ihrer Mutter in Fairbrook geblieben war, während ihren trauernden Vater wichtige Staatsgeschäfte, die seiner Leitung anvertraut waren, nach London gerufen hatten.

Die achtzehnjährige Johanna glich ihrer Mutter von Antlitz und von Wesen, namentlich aber erinnerte ihre wohltönende, weiche Stimme an die der Verstorbenen. Ambachs Augen ruhten mit Rührung und Wohlgefallen auf der schlanken hohen Gestalt des schönen Mädchens, und dieses fühlte sich vertrauensvoll hingezogen zu dem stillen alten Mann, den sie sogleich bei seiner Ankunft wie einen Freund begrüßt hatte. Oftmals konnte man die zwei im Park spazieren wandeln sehen. Dann lauschte Johanna aufmerksam auf Ambachs Erzählungen von dem Leben der Lehrer und Schüler auf den deutschen Universitäten, oder Johanna sprach von ihrer verstorbenen Mutter, wie edel und schön sie gewesen sei, wie sie stets nur Gutes gewollt und getan habe, und wie alle, die sie gekannt, sie geliebt und verehrt hätten.

Eines Tages, kurz vor Ambachs Abreise, als er sich wieder einmal mit Johanna im Park befand, blieb er plötzlich in einer kleinen Lichtung, in der Nähe des Schlosses stehen und sagte leise:

»An dieser Stelle habe ich vor siebenundzwanzig Jahren von Ihrer Mutter Abschied genommen.«

Da entgegnete Johanna kaum hörbar und sanft, als wolle sie dem andern ein Liebesgeständnis entlocken: »Sie haben wohl meine Mutter sehr lieb gehabt?«

»Ich habe Ihre verstorbene Frau Mutter innig verehrt. Ihr Bild hat mir stets vorgeschwebt als das der edelsten Frau, die mir im Leben begegnet ist.«

Nach einer kurzen Pause sagte darauf Johanna, noch leiser, gleichsam als gälte es nun, daß sie selbst ein Geständnis mache: »Meine Mutter hat Sie auch stets für ihren besten Freund gehalten. Oftmals haben wir beide in den Briefen gelesen, die Sie ihr und der Großmama zur Zeit Ihrer Reise mit Onkel Arthur geschrieben hatten. Sie sprach von Ihnen wie von einem lieben Bruder, wie gut und treu Sie gewesen seien, jedermann sogleich Vertrauen einflößend und des vollsten Vertrauens würdig. Darum konnte ich Ihnen auch sogleich wie einem Freunde entgegenkommen. Ich kannte Sie, lange ehe ich Sie gesehen hatte.«

Ambach schwieg.

Nach einer längeren Pause fuhr Johanna fort: »Erfahren Sie gern, wie meine Mutter von Ihnen dachte und zu mir sprach?«

»Es tut mir unbeschreiblich wohl, es zu hören,« antwortete Ambach.

»Sie hätte Sie gern einmal wiedergesehen, sie meinte, Sie würden wohl nach England gekommen sein, wenn sie Sie darum gebeten hätte; aber das wollte sie nicht tun. Sie sagte, wenn Sie vorzögen, nicht zu kommen, so würde das wohl das Richtige sein, und sie wollte daran nichts zu ändern versuchen. - Noch wenige Tage vor ihrem Tode sprach sie mit mir und mit Papa von Ihnen, und trug uns beiden auf, Sie von ihr zu grüßen, wenn wir Sie sehen sollten. Sie rechnete darauf, daß Sie Onkel Arthur nach ihrem Tode besuchen würden. - Sie hat sich nicht getäuscht. Es scheint, daß sie Sie gut kannte.«

Am Vorabend seiner Abreise von Fairbrook suchte Ambach noch einmal die Stellen im Park auf, wo er im Zusammensein mit Ellen das anspruchslose Glück gefunden, an dem er sein Leben lang gezehrt hatte. - Wer nicht als alter einsamer Mann die Plätze wiedergesehen hat, wo er in seiner Jugend, in Gesellschaft der verlorenen Geliebten, verweilt, der kann nicht verstehen, mit welcher Wehmut das Herz Ambachs sich während dieses letzten Spazierganges im Park von Fairbrook füllte. -

Am nächsten Tage nahm der Professor Abschied von seinen Freunden, und bald darauf war er wieder zu Hause in seinem stillen Studierzimmer; aber es dauerte einige Tage, ehe er seine alte Arbeitskraft und Lust an der Arbeit wiedergefunden hatte. Er war entmutigt. Sein Leben erschien ihm als ein verfehltes: es war kein unglückliches gewesen, aber das, was es zu einem glücklichen hätte machen können, hatte ihm von dem Augenblick an, wo er es zu erkennen geglaubt, nur in unerreichbaren Fernen vorgeschwebt. Wunschlos war er seitdem durch das Leben gegangen. - Aber Gewohnheit und Pflichtgefühl lenkten seine Tätigkeit bald wieder in das alte Geleise.

Wieder zogen viele Jahre dahin. Ambach war zum Greise geworden; – aber seine geistige Kraft erschien noch ungeschwächt, wennschon er mit seinen wissenschaftlichen Arbeiten jetzt nur noch in langen Zwischenräumen vor die Öffentlichkeit trat. Seine großartigsten Leistungen lagen hinter ihm, er konnte sie nicht mehr übertreffen, aber er behauptete sich noch würdig auf der Höhe seines verdienten Ruhmes.

Da erhielt er eines Tages eine amtliche Einladung, einer Gelehrtenversammlung beizuwohnen, die in Berlin abgehalten werden sollte. Er beschloß, der Aufforderung zu folgen. Er wünschte, vor seinem Tode mit den Genossen zusammenzutreffen, die auf demselben Felde wie er gearbeitet hatten, und von denen er nur eine verhältnismäßig geringe Anzahl persönlich kannte; denn er hatte sein Leben lang in großer Zurückgezogenheit gelebt.

Die Berliner Gelehrtenversammlung ernannte Ambach zu ihrem Präsidenten, und in dieser Eigenschaft begab sich der alte Professor am Tage nach der ersten Sitzung zum Unterrichtsminister, um diesem, als seinem Vorgesetzten, seine Aufwartung zu machen. Er wurde mit Auszeichnung empfangen und erhielt noch an demselben Tage eine Einladung zu einem großen Hoffeste, das am nächsten Abend im königlichen Schlosse stattfinden sollte.

Ambach fühlte sich ermüdet von den ungewohnten Anstrengungen der Reise, von den zahlreichen Unterhaltungen mit neuen Bekannten und auch von den Huldigungen, die man ihm dargebracht hatte, aber er hielt es für seine Pflicht, der an ihn ergangenen Einladung zu folgen, und begab sich zur bestimmten Stunde in das Schloß. Dort wurde ihm die Ehre zu Teil, dem greisen Monarchen vorgestellt zu werden, der sich einige Minuten lang leutselig mit dem Professor, als einer Zierde der deutschen Gelehrsamkeit, unterhielt, – und dann war Ambach sich selbst überlassen, allein in einem Gewühl strahlender Uniformen und glänzender Toiletten.

Eine Weile lang durchwanderte er langsam die prachtvollen Säle. – Dann überkam ihn Ermüdung, und er beschloß, seine Wohnung aufzusuchen. Er hatte seiner Pflicht genügt, es war ihm die Freude geworden, den großen Kaiser, den er innig verehrte, von Angesicht zu Angesicht zu schauen, mit ihm zu sprechen – nun konnte ihm das Fest nichts mehr bieten: Vergnügen hatte er dort nicht gesucht.

Als er eines der entlegeneren Gemächer durchschritt, in dem es verhältnismäßig öde war, so daß er den ganzen Saal überblicken konnte, sah er plötzlich, daß ihm von der andern Seite des Raumes ein Kollege entgegenkam, ein Universitäts-Professor, wie er selbst im Talar gekleidet, das weiße Haupt mit dem Barett bedeckt. Es war die erste bekannte Figur, die er erblickte – wohl die eines Mitgliedes der Gelehrtenversammlung, in der er den Vorsitz führte.

Ambach schritt dem Eintretenden entgegen, um ihn zu begrüßen, falls er ihn kennen sollte, und er betrachtete ihn deshalb aufmerksam: einen alten würdevollen Herrn, hoher, durch die Jahre etwas gebeugter Gestalt, bleich von Angesicht, schneeweißen Haares, dessen, durch eine scharfe Brille noch vergrößerte große Augen, milde und ernst auf ihm ruhten. Die ganze Persönlichkeit hatte für Ambach etwas seltsam Bekanntes. – Und plötzlich blieb er wie erschreckt stehen. Er hatte in der Erscheinung sein eigenes Spiegelbild erkannt und sich einen Augenblick als einen andern betrachtet. – So also sah er für andere aus, wie er sich soeben gesehen hatte. – Es wurde ihm klarer als zuvor, daß er ein alter Mann geworden sei.

Er stieg die breite Wendeltreppe hinunter und wurde am Fuße derselben von dem aufmerksamen Lohndiener empfangen, den er dorthin bestellt hatte, und der ihn, nachdem er ihm den schweren Mantel umgehängt hatte, – denn die Winternacht war kalt und unfreundlich – nach seinem Wagen geleitete. Auf dem Wege nach dem Gasthofe kam Ambach mit dem Gedanken an sein Alter der Wunsch, seine Vaterstadt Magdeburg wiederzusehen. Er brauchte auf der Ferienreise nur einen kleinen Umweg zu machen, um sie zu berühren. »Wer weiß,« sagte er sich, »ob ich ihr noch einmal im Leben so nahe komme.« – Und er malte sich im Geiste die alte Stadt aus, in der er jung gewesen war, mit ihren ehrwürdigen Kirchen, dem Dom an der Spitze, ihren schönen Straßen – dem »Breiten Weg«, dem »Fürstenwall« – und der »Klosterschule«, auf der er seine Schuljahre verbracht hatte. Alles stand noch klar und deutlich in seiner Erinnerung: es überkam ihn eine förmliche Sehnsucht nach der Heimat, die er seit mehr denn vierzig Jahren nicht wiedergesehen und an die er, inmitten seiner rastlosen Tätigkeit, nur noch selten gedacht hatte.

Die Gelehrtenversammlung hielt ihn noch einige Tage in Berlin fest. – Am Morgen, nachdem die letzte Sitzung stattgefunden hatte, reiste er nach Magdeburg ab. Am Bahnhof wurde er mit den Rufen Bediensteter der großen Gasthöfe empfangen. »Stadt London!« – »Stadt Braunschweig!« – »Erzherzog Stephan!« – »Grimmas Hôtel!« Der letzte Name schlug als etwas besonders Bekanntes an Ambachs Ohr. – »Grimmas Hôtel!« War das nicht das Gasthaus, in dem er während seiner letzten Anwesenheit in Magdeburg, unmittelbar vor seiner Abreise nach England, abgestiegen war? – Ja, sicher! Jetzt erinnerte er sich deutlich daran. – Er winkte dem Manne, auf dessen Mütze in goldenen Buchstaben »Grimmas Hôtel« zu lesen war, übergab ihm seinen Gepäckschein und was er an leichtem Handgepäck bei sich führte und sagte ihm, er solle ein gutes, warmes Zimmer für ihn nehmen. – Dann machte er sich auf den Weg, um noch so viel wie möglich von Magdeburg zu sehen, ehe der kurze Wintertag zu Ende gegangen sein würde.

Ambach durchschritt neue Stadtteile, die ihm unbekannt waren und die ihn nicht mehr kümmerten, als wenn er in Chicago gewesen wäre. – Das Neue, wenn es nicht zu seinem Beruf gehörte, hatte längst aufgehört, seine Aufmerksamkeit fesseln zu Können. Daß er Magdeburg sehr vergrößert finden würde, hatte er vorausgewußt. Als er es zum letzten Male besucht, hatte die alte Stadt 50+000 Einwohner gehabt, jetzt zählte sie das Vierfache. – Sie könnte noch zehnmal größer gewesen sein, ohne daß dieser Umstand ihn berührt haben würde. Ihn verlangte nur danach, das alte Magdeburg, *sein* Magdeburg, wiederzusehen. Und bald darauf befand er sich in dessen Mittelpunkt: auf dem »Alten Markt« mit dem steinernen Bildnis Kaiser Ottos, bei der Ratswage, der Katharinenkirche, auf dem Breiten Weg – vor der Klosterschule. Dort blieb er eine Weile stehen. Dann trat er ein.

Der erfahrene Pförtner erkannte in dem stattlichen alten Herrn sofort einen Gelehrten, wahrscheinlich einen Professor, möglicherweise einen Freund des gestrengen Herrn Direktors. Er erkundigte sich höflich nach den Wünschen des Besuchers und geleitete ihn nach der im Kloster gelegenen Wohnung des Direktors, als Ambach gefragt hatte, wo er diesen finden könnte. – Vor der Wohnung des Direktors angelangt, übergab er dem Pförtner seine Karte, die dieser mit ehrerbietiger Verbeugung hineintrug. – Gleich darauf öffnete sich eine Tür, und ein Mann von ungefähr sechzig Jahren, mit dem etwas herrischen Zuge im ernsten Gesichte, der dem ausübenden, sich seiner Macht bewußten Lehrer eigen ist, trat Ambach, die Hände ausgestreckt, entgegen.

»Sie erweisen mir eine große Ehre, Herr Professor,« sagte er mit tiefer, wohltönender Stimme. »Bitte, treten Sie näher.«

Er führte darauf Ambach in ein behagliches, warmes Zimmer, dessen Wände beinah vollständig mit Büchern bedeckt waren, nötigte Ambach, sich in einen bequemen Sessel zu setzen, und noch vor ihm stehend, sagte er:

»Was verschafft mir die unerwartete Ehre Ihres Besuches? Womit, Herr Professor, kann ich Ihnen dienen?«

»Ich bin ein alter Klosterschüler, Herr Kollege,« begann Ambach.

»Das wissen wir alle - und sind stolz darauf,« unterbrach ihn der Direktor.

»Und da ist mir plötzlich der Wunsch gekommen, das Kloster 'Unserer lieben Frauen' wiederzusehen. - Deshalb befinde ich mich hier. - Wollen Sie mir gestatten, durch den Kreuzgang und die andern alten Gänge, sowie durch die Säle und über den Spielhof zu gehen?«

Der Direktor sah nach der Uhr: »Ich gehe sogleich mit Ihnen,« sagte er, »in der Hoffnung, Sie nachher hier wiederzusehen; aber ich möchte Sie gerade jetzt nicht länger in diesem Zimmer festhalten. In wenigen Minuten wird nämlich eine Lehrstunde beendet sein, und ich denke mir, es wird Ihnen Freude machen, die Schüler während der freien zehn Minuten bis zur nächsten Stunde auf dem Hofe beobachten zu können.«

Er schritt, sichtlich aufgeregt, voran, und Ambach folgte ihm.

Bald, nachdem die beiden auf der Freitreppe angelangt waren, die von den Klassensälen nach dem Spielhof hinunterführt, öffneten sich in dem Gange, den sie durchschritten hatten, mehrere Türen, und aus denselben traten die Lehrer hervor, denen die Schüler auf den Fersen folgten. Diese gingen, ehrerbietig grüßend, an dem Direktor und Ambach vorüber und liefen dann die Treppe hinunter auf den Hof, der sich schnell mit der frischen, gesunden Jugend füllte. – Ambach blickte auf das Gewühl blonder und brauner Köpfe zu seinen Füßen. Er sprach kein Wort, und auch der Direktor schwieg, denn er wollte die Erinnerungen und Gedanken nicht stören, die in dem Augenblick wohl durch Ambachs Seele ziehen mochten.

Als die Schüler wieder in die Klassen getreten waren, fragte der Direktor seinen Gast, ob es ihm recht sein würde, die Knaben während des Unterrichts zu sehen, und als Ambach dies bejaht hatte, führte er den Professor zuerst in die Prima und dann in die Sexta. Als er dem noch jungen Lehrer der Prima den Namen des vornehmen Besuches nannte, errötete der Lehrer und verbeugte sich ehrerbietig. – Ambachs Blick schweifte aufmerksam über die dichtbesetzten Schulbänke; dann entfernte er sich, nachdem er dem Lehrer die Hand gereicht hatte, mit freundlichem Neigen des greisen Hauptes. Als er gegangen war, sagte der Lehrer zu seinen Schülern: »Das war ein ehemaliger Klosterschüler: Professor Ambach. Erinnern Sie sich des Tages, da Sie ihn gesehen haben, denn es wird Ihnen nicht oft im Leben beschieden werden, einem so guten Mann zu begegnen.«

Die Schüler flüsterten untereinander und sahen sich verständnisvoll an, und der Lehrer gestattete es, denn er wußte, daß einer dem andern zuraunte, was er von Ambach wußte.

Bald darauf befanden sich die beiden alten Herren wieder im Zimmer des Direktors.

»Ich bin ebenfalls ein Schüler des Klosters,« sagte der Direktor; »um einige Semester jünger als Sie, Herr Professor, doch haben wir zum großen Teile noch dieselben Lehrer gehabt, denn ich war in der Quinta, da sie als Primus der Prima glänzten. – Ich erinnere mich, wie oft ich Sie auf dem Hofe bewundert habe; Sie sahen mich Knirps natürlich nicht. – Welch' unüberbrückbare Kluft trennt nicht während der Schuljahre den Quintaner vom Primaner! Später gleicht sich das wieder aus; alle werden mit den Jahren gewissermaßen eines Alters. – Und deshalb möge es mir vergönnt sein, Ihnen als Commilitone[19] und langjähriger Verehrer eine Bitte vorzutragen. – Ich bin seit vielen Jahren Witwer, meine Töchter sind

[19] Studiengenosse

verheiratet, und von meinen beiden Söhnen ist der eine Pastor auf einem kleinen Dorfe in der Altmark, der andere Offizier in einem Artillerieregimente, das in den Rheinprovinzen steht. – So führe ich denn ein Junggesellenleben, und da frage ich nun, wollen Sie mir die Ehre erweisen und die große Freude machen, heute abend mit mir zu speisen? Wir können von alten Zeiten sprechen, die Ihnen durch Ihren heutigen Besuch des Klosters wohl wieder näher gerückt sind – und auch mir. Denn als ich Sie so ernst neben mir stehen und auf die Knaben blicken sah, die sich lustig im Schulhof tummelten, da sagte ich mir, Sie müßten wohl in dem Augenblick an die Zeiten denken, da Sie als Kind, wie jene unten gespielt hatten – und dieselben Gedanken kamen mir. – Wollen wir heute abend von den alten Tagen sprechen? Sagen Sie ja, und erfreuen Sie mich.«

Der Professor nahm die Einladung bereitwillig an, und einige Stunden später saßen sich die beiden alten Herren an einem mit guten Sachen bedeckten kleinen Tische gesprächig gegenüber. Der Wein hatte die des Wortes gewandten Zungen der zwei gelöst, und Rede und Widerrede folgten sich ohne Mühe und ohne Unterbrechung. Da wurde von den alten Lehrern gesprochen, vom Probst Zerenner, vom Direktor Müller, von Immermann, dem Bruder Karls, den man »den Wüsten« nannte, von Hasse und Merckel, den tüchtigen Hellenisten, von Heil, dem Mathematiker, Teetzmann und Pareidt, den Philologen, Banse, dem Rechenlehrer, Hildebrand und Ehrlich, von dem der eine Unterricht im Zeichnen, der andere in der Musik erteilte. – Und von jedem dieser alten, längstverstorbenen Lehrer wurden Geschichten aufgetischt, die beide, der Professor und der Direktor, seit einem halben Jahrhundert kannten und an denen sie sich heute wieder erfreuten. – Auch Schülergeschichten aus den dreißiger Jahren wurden zum Besten gegeben, darunter einige, an denen sie selbst Teil genommen hatten.

Und sie fingen an lateinisch und griechisch zu zitieren und bald darauf in gewählter Rede lateinisch zu sprechen, bis Ambach, geröteten Antlitzes, leuchtenden Auges, lachend ausrief:

»Lieber Kollege! Was haben Sie angerichtet! Sie wissen, was es bedeutet, wenn zwei beim Wein lateinisch reden!«

Der Direktor, ebenso freudig erregt wie sein Gast, rief zurück: »Ich bin stolz darauf, daß es mir gelungen ist, die goldene Jugend in

Ihrer Erinnerung heraufzubeschwören – obgleich,« fuhr er ernster fort, »Sie ja nie alt geworden sind. Wer so schafft, wie Sie noch heute schaffen, der ist ewig jung, für den gibt es kein Alter. – O, Sie Beneidenswerter, von mir neidlos Bewunderter! Wie schön ihr Leben gewesen ist: ein langes Leben, voll edlen Schaffens, voll großer Erfolge! Kann es etwas Vollkommeneres geben? Mit welchem Stolz müssen Sie darauf zurückblicken!«

»Ja, mein Leben ist ein volles und erfolgreiches gewesen,« sagte der Professor nachdenklich; aber er wollte den heitern Abend heiter beschließen, und da es inzwischen spät geworden war, so sprach er in zierlichen lateinischen Versen seinen Dank aus für die Gastfreundschaft, die ihm zu Teil geworden war, versicherte, daß der Abend, den er mit dem alten Schulkameraden verbrachte, ihm unvergeßlich bleiben würde, und stieß, zum letzten Male, auf baldiges, frohes Wiedersehen mit diesem an. Dann trennten sich die beiden mit herzlichem Händedruck.

Sobald der Professor in seinem Zimmer in »Grimmas Hôtel« angelangt war, begab er sich zur Ruhe. Der lange Tag, voll ungewohnter Anstrengungen, hatte ihn ermüdet, und er schlief schnell ein. Am nächsten Morgen erwachte er zu früher Stunde, kleidete sich sogleich, wie dies seine Gewohnheit war, vollständig an und ließ dann den Morgenkaffee auf sein Zimmer bringen, den er, am Fenster sitzend, den »Breiten Weg« zu seinen Füßen, zu sich nahm. Da hörte er Militärmusik erschallen, und bald darauf zog das 27. Infanterieregiment klingenden Spieles an seinem Fenster vorüber. Der alte Fridencianische Marsch, den er hörte, war ihm bekannt, und er sang ihn, mit den Knöcheln der einen Hand den Takt schlagend, leise mit. – Als aber plötzlich die Domglocken wie feierliche Begleitung zu der schmetternden Musik erklangen, da fuhr er zusammen. – Was war das? – Eine Sekunde unwillkürlicher Rückerinnerung – und dann stand die ferne Vergangenheit deutlich vor ihm! – Das war der Marsch, den er mit derselben Begleitung vor mehr als vierzig Jahren an derselben Stelle gehört hatte! Es kam ihm wie ein Traum vor, wie eine Fortsetzung der Jugendgeschichten, die er am Abend vorher gehört und erzählt hatte, und träumerisch sinnend blickte er um sich. – Hatte er nicht diese alte Kommode, diesen schönen Schrank, das hohe Himmelbett schon einmal gesehen? Und jenen Kupferstich, den »alten Dessauer« darstellend! Welche Bewandtnis hatte es doch damit?

– Sinnend legte er die Hand auf die Stirn, dann erhob er sich, nahm das Bild von der Wand und trat damit ans Fenster. Und wie er es drehte und wandte, vergeblich bemüht, den Zusammenhang zwischen dem Bilde und seiner Vergangenheit wiederzufinden, da entdeckte er auf der Rückseite, unter einer dichten Staubschicht seinen Namen: »Vor dem Kampfe, Heinrich Ambach aus Magdeburg am 15. 9. 1845.«

Er stellte das Bild sorgfältig auf den Boden, dann ließ er sich auf einen Sessel fallen und bedeckte sein Gesicht mit beiden Händen.

»Vor dem Kampfe. 1845.« – Nun hatte er den Kampf des Lebens, bis zum Ende beinah, ausgekämpft – siegreich! Und doch fühlte er sich geschlagen. – Sein ganzes Leben zog in einer kurzen Minute vor seinem Geiste vorüber: sein ganzes, sein volles Leben! – Und wie kurz erschien es ihm! – Die Arme gegen den Körper gelegt, bewegte er die zitternden Hände, die Handflächen in geringer Entfernung gegen einander gekehrt, auf und nieder und sagte leise: »So klein war mein Leben – so klein!«

Seine Gedanken wanderten zurück, noch weit hinter dem Tage, an dem er die Worte: »Vor dem Kampfe« geschrieben hatte. – Er erinnerte sich seiner frühesten Kindheit, und er sah seine Mutter, wie sie auf einem schönen Bildnis dastand, das aus dem Nachlaß seines Vaters vor mehr als vierzig Jahren in seinen Besitz übergegangen war: eine schlanke, junge Frau, bleich von Angesicht, aschblonden Haares, mit großen, traurigen blauen Augen. »Komm zu Bett, Heinz,« hörte er ihre weiche, süße Stimme. Er aber riß die Augen auf. Er wollte eine Erzählung des Vaters, von der er nichts verstand, zu Ende hören – »Ich bin noch nicht müde, Mama. Bitte, laß mich noch ein bißchen aufbleiben ... bitte, laß mich!« – »Nein, komm', mein Kind! Die Augen fallen dir ja zu. Schnell! Der Sandmann kommt.« Er fühlte sich sanft emporgehoben, sein Kopf lag an dem Halse der Mutter. »Ich bin noch gar nicht müde,« murmelte er, schon im Halbschlaf.

Wie lange war das her? – O, über sechzig Jahre!

»So klein war mein Leben ... so klein,« wiederholte er mit derselben Bewegung der zitternden alten Hände ... »so klein!« – Er fühlte sich unbeschreiblich müde.

»Nun, der Sandmann wird ja bald kommen,« sagte er leise.

Über tredition

Eigenes Buch veröffentlichen

tredition wurde 2006 in Hamburg gegründet und hat seither mehrere tausend Buchtitel veröffentlicht. Autoren veröffentlichen in wenigen leichten Schritten gedruckte Bücher, e-Books und audio-Books. tredition hat das Ziel, die beste und fairste Veröffentlichungsmöglichkeit für Autoren zu bieten.

tredition wurde mit der Erkenntnis gegründet, dass nur etwa jedes 200. bei Verlagen eingereichte Manuskript veröffentlicht wird. Dabei hat jedes Buch seinen Markt, also seine Leser. tredition sorgt dafür, dass für jedes Buch die Leserschaft auch erreicht wird.

Im einzigartigen Literatur-Netzwerk von tredition bieten zahlreiche Literatur-Partner (das sind Lektoren, Übersetzer, Hörbuchsprecher und Illustratoren) ihre Dienstleistung an, um Manuskripte zu verbessern oder die Vielfalt zu erhöhen. Autoren vereinbaren direkt mit den Literatur-Partnern die Konditionen ihrer Zusammenarbeit und partizipieren gemeinsam am Erfolg des Buches.

Das gesamte Verlagsprogramm von tredition ist bei allen stationären Buchhandlungen und Online-Buchhändlern wie z. B. Amazon erhältlich. e-Books stehen bei den führenden Online-Portalen (z. B. iBookstore von Apple oder Kindle von Amazon) zum Verkauf.

Einfach leicht ein Buch veröffentlichen: **www.tredition.de**

Eigene Buchreihe oder eigenen Verlag gründen

Seit 2009 bietet tredition sein Verlagskonzept auch als sogenanntes "White-Label" an. Das bedeutet, dass andere Unternehmen, Institutionen und Personen risikofrei und unkompliziert selbst zum Herausgeber von Büchern und Buchreihen unter eigener Marke werden können. tredition übernimmt dabei das komplette Herstellungs- und Distributionsrisiko.

Zahlreiche Zeitschriften-, Zeitungs- und Buchverlage, Universitäten, Forschungseinrichtungen u.v.m. nutzen diese Dienstleistung von tredition, um unter eigener Marke ohne Risiko Bücher zu verlegen.

Alle Informationen im Internet: **www.tredition.de/fuer-verlage**

tredition wurde mit mehreren Innovationspreisen ausgezeichnet, u. a. mit dem Webfuture Award und dem Innovationspreis der Buch Digitale.

tredition ist Mitglied im Börsenverein des Deutschen Buchhandels.

Dieses Werk elektronisch lesen

Dieses Werk ist Teil der Gutenberg-DE Edition DVD. Diese enthält das komplette Archiv des Projekt Gutenberg-DE. Die DVD ist im Internet erhältlich auf **http://gutenbergshop.abc.de**